KB262795

THE TOWER OF BABEL
바벨의 탑
FANTASY FRONTIER SPIRIT
푸른 하늘 장편 소설

바벨의 탑 1

푸른 하늘 장편 소설

초판 1쇄 찍은 날 § 2012년 12월 21일
초판 1쇄 펴낸 날 § 2012년 12월 28일

저은이 § 푸른 하늘
펴낸이 § 서경석

편집부장 § 권태완
편집책임 § 박우진
디자인 § 이혜정

펴낸곳 § 도서출판 청어람
등록번호 § 제1081-1-89호
등록일자 § 1999. 5. 31
어람번호 § 제1-1511호

주소 § 경기도 부천시 원미구 심곡2동 163-2 서경B/D 3F (우) 420-822
전화 § 032-656-4452팩스 § 032-656-4453
http://www.chungeoram.com
E-mail § chungeorambook@daum.net

ⓒ 푸른 하늘, 2012

ISBN 978-89-251-3115-3 04810
ISBN 978-89-251-3114-6 (세트)

바벨의 탑

THE
TOWER of BABEL

FANTASY FRONTIER SPIRIT

푸른 하늘 장편 소설

1

[세상은 요지경]

CONTENTS

여는 글

현중 귀환록에 이어 또다시 출간하게 되었습니다.

그냥 제가 읽고 싶고 좋아하는 것을 쓰자는 생각으로 시작된 것인데 읽는 분들에게 감사할 따름이죠.

이번에는 바벨의 탑이라는 작품을 내놓게 되었습니다.

전작을 읽어보신 분은 아시겠지만 저는 그냥 시원하고 막히는 거 없이 이야기를 풀어 나가는 걸 좋아합니다.

물론 이런 전개의 글을 쓰는 것은 제 개인적인 취향이죠.

이번에도 그런 글이 될 생각이지만 적당한 선에서 조율을 한번 해볼까 합니다.

전작에서는 쓰지 못한 약간은 소소하지만 무언가 찾아 나가는 재미를 한번 써보고 싶었습니다.

그동안 읽었고, 들었던 신화나 여러 가지 이야기를 이번에 녹여보려고 노력은 했습니다만… 어떻게 될지는 읽으시는 분들에게 맡겨야겠지요.

　저는 가능하면 읽기 쉬운 글을 쓰고 싶습니다.

　그냥 재미있게 읽었다고 생각이 들면 전 성공했다고 생각하거든요.

　어쩌다 보니 욕심을 부려서 출간 주기를 조금 짧게 잡다 보니 출판사에도 알게 모르게 부담을 많이 준 편입니다.

　저도 머릿속에 떠오르는 것을 얼른 쓰고 싶은 욕심도 있었구요.

　전 좀 즉흥적인 성격이라 머릿속에서 계속 맴도는 걸 그동안 계속 구상하면서 조립식 장난감을 만들듯 하나씩 맞춰놓고 글을 씁니다.

　크게 스토리 라인을 잡아놓긴 하지만 그대로 글을 쓴 적이 한 번도 없었던 걸 생각하면… 성격이 많이 즉흥적이죠.

　최대한 재미있는 글을 써서 읽는 분들에게 최소한 책을 보고 시간낭비했다는 생각이 들지 않도록 쓰는 게 목표이긴 하지만… 판단은 읽는 분들이 하시는 거니까요.

　저는 그저 열심히 쓰겠습니다.

　마지막으로 편집에 고생하신 청어람 분들께 쉬는 틈 없이 연달아 출간해서 조금 죄송합니다.

　재미있게 읽어주세요

프롤로그

사람의 인생은 정말 바로 1분 뒤에도 어떻게 변할지 모른다고 말하는 사람들이 많다.

그만큼 사람의 앞일이란 그 누구도 알 수 없는 것이다.

그리고 이곳, 세상의 끝인 듯 높고 가파른 절벽 끝에 찬바람을 맞이하며 서 있는 진운에게는 더더욱 인생이란 참 오묘하면서도 요지경이라는 말이 딱 들어맞을지도 모른다.

탄탄한 근육과 함께 눈앞에 보이는 모든 것을 발아래로 내려다보는 듯한 눈빛 지금 서 있는 절벽에서 내려다보는 아찔한 높이쯤은 그에게 아무런 감흥도 주지 못했다.

그리고 그런 그의 곁에 금빛의 머리카락과 금빛의 눈동자를 가진 여성이 나란히 서 있었다.

"탈출인가……."

생각하면 정말 지옥 같은 순간이었고 결코 되돌아가고 싶지 않은 곳이었다.

하지만 그 지옥에서 벗어나 진운은 현재 이곳에 있다.

바로 이곳에 자신이 있다는 사실이, 그런 과거쯤은 모두 씻어버리기에 충분한 것이다.

진운의 표정이 밝아졌다.

"돌아가자, 집으로. 생각보다 긴 여행이었지만 말이야."

혼잣말을 한 진운은 마치 계단을 내려가는 듯 절벽 위에서 가볍게 발걸음을 떼었다.

훅~!!

당연히 진운의 몸은 빨려들 듯 절벽 밑으로 사라져 버렸다.

높이만도 수백 미터가 넘었고, 지구상에 이런 절벽이 존재한다는 것조차 아는 사람이 없을 만큼 높은 절벽이었는데, 진운은 그곳으로 아무렇지 않게 뛰어든 것이다.

기본적으로 아파트 10미터 높이에서 떨어져도 사람은 죽는다.

물론 운이 좋다면 몇 군데 부러지고 살아남기도 한다. 하지만 그렇다고 죽음이라는 가능성이 사라지는 것은 결코 아니다.

그건 당연한 일이다.

그런데 진운이 뛰어내린 곳은 얼핏 봐도 수백 미터인 절벽이 아닌가?

당연히 누구라도 죽었을 것으로 생각하는 장면이었다.

하지만,

절벽에서 뛰어내린 진운의 몸은 가속도가 붙어 마치 화살이 지면을 향해 쏘아지듯 날아갔다.

그러다 지면에 닿기 직전,

―리버스(Reverse).

라는 말이 진운의 머리 위에서 들리면서 진운의 발밑으로 선명한 오망성이 그려진 마법진이 생겼다.

곧 진운의 몸은 땅과 1센티미터를 앞두고 멈췄다.

사뿐~

세상을 지배하는 모든 과학적 법칙을 무시한 진운의 방금 모습을 누가 봤다면 난리가 났을 테지만, 안타깝게도 지금 이곳엔 진운과 그녀뿐이었다.

방금 진운을 땅에서 부딪치기 전에 구해준 마법도 모두 그녀가 진운에게 사용한 것이었다.

그리고 그런 진운 자신도 이게 매우 당연하다는 듯 받아들이고 있었다.

"여행은 사람을 발전시킨다는 말이… 사실이었어요, 아버
지."

땅에 발을 디딘 진운은 하늘을 보면서 인사하듯 한마디 한
다음 그곳에서 바람처럼 사라져 버렸다.

Chapter
01
운명의 장난

“크윽.”

진운은 가슴을 짓누르는 아픔에 눈을 떴다.

고통 때문에 점점 호흡이 가빠져 왔다. 그는 잠시 고개를 들어 호흡을 편하게 쉬려고 했다.

그런 그의 눈으로 하늘이 있어야 할 위치에 있는 기묘한 형상이 들어왔다.

“저기에서 떨어진 건가…….”

도저히 기어 올라갈 수도 없는 위치에 있는 그것은, 커다란 구멍을 돌이 막고 있는 형태의 구조였다.

　잠시 자신이 어째서 이곳에 있는지 생각하다가 헛웃음을
흘렸다.

　"내가 죽을 자리로 찾아온 건가? 크크크큭… 쿨럭! 쿨
럭……!"

　허탈하게 웃다가 가슴에서 느껴지는 고통에 마른기침을
몇 번 내뱉고는 겨우 고통이 가시고 나서야 편하게 다시 숨을
쉴 수 있었다.

　"하아! 아버지, 죄송해요. 저 어쩌면… 여기서 죽을지도 몰
라요."

　애초에 진운이 이곳에 오고 이런 곳에 떨어져 내린 원인을
따져 보면 모두 아버지 때문이었다.

＊　　　＊　　　＊

　아버지의 죽음.

　이건 진운에게 커다란 충격과 함께 혼란을 가져왔다.

　무역업을 하는 아버지 밑에서 남부럽지 않게 자라온 진운
이다. 거기다 아버지는 하나뿐인 자식인 진운을 정말 사랑했
다.

　때론 친구 같고 때론 엄한 부모의 모습을 보여주었고, 진운
에게 아버지란 하나의 든든한 기둥과 같았다.

그런데 그런 아버지가 갑작스럽게 죽어버렸다.

교통사고라고 들었다. 졸음운전을 한 트럭에 치어 아버지의 차가 완전히 납작해진 채 시체조차 온전하게 건질 수 없을 만큼 처참한 사고를 당한 것이다.

고아로 자란 아버지에게 가족은 진운이 유일했다. 그것은 진운도 마찬가지였다.

진운의 어머니는 진운을 낳고 얼마 뒤에 죽었다.

이제 아버지까지 죽었으니, 진운은 정말 고아가 되어버린 것이다.

세상이 무너진다면 아마 이런 기분일 것이라고 느낀 진운은 거의 한 달 동안 방에 처박혀 멍하니 벽만 바라보면서 지냈다.

누구도 그를 다시 일으켜세울 수 없을 것 같았다.

그가 다시 일어선 것은 바로 죽은 아버지의 고문변호사가 찾아와서 한 이야기 때문이었다.

"상속 재산에 대해서 네가 알아야 할 것이 많단다."

이 한마디를 시작으로 진운은 멍한 눈으로 죽은 아버지가 남긴 재산에 대해서 천천히 들었다.

아버지의 죽음 때문에 회사가 흔들리긴 했지만 쉽게 무너질 정도는 아니었다.

다만 진운이 나이도 어리고 경영에 대해서 전혀 준비가 되어 있지 않기에, 우선 죽은 아버지가 가지고 있던 회사의 지분 30%를 가지고 경영에 참여하지 않는 걸로 했다.

솔직히 그 당시 진운은 세상 모든 것이 귀찮고 아무럼 어떠냐는 생각이었다.

변호사도 고개를 끄덕이면서 진운이 그럴 것이라고 예상한 듯 별말 없이 진운이 원하는 대로 처리해 주었다.

그렇지만 진운에게는 상속되는 것은 회사 지분만이 아니었다. 은행에 있는 30억에 달하는 돈도 진운에게 그대로 상속되었다.

상속세를 제하고 온전하게 진운의 손에 쥐어진 돈이 30억이다.

이대로 놀고먹어도 솔직히 크게 사는 데 지장이 없을 정도의 돈이지만, 자라오면서 돈에 대한 욕심을 부려본 적이 없는 진운은 지금 자신에게 넘겨진 돈 30억보다 아버지의 죽음이 더욱 커다란 상처이고 고통이었다.

그는 고문변호사의 말을 듣는 둥 마는 둥 했다.

"진운 군, 힘내야 하네. 자네가 이러고 있으면 죽은 아버님께서 뭐라 하시겠는가?"

스윽.

진운은 힘없는 눈으로 고문변호사를 보았다.

그는 아버지의 친구였다. 그리고 같은 고아 출신이기도

했다.

"아저씨, 세상에 혼자라는 게… 이런 기분인가요?"

변호사는 진운의 말에 쓸쓸하게 웃으면서 주저앉더니,

"난… 철이 들 때부터 고아원에서 자랐지. 그래서 누군가의 죽음으로 인해 겪는 아픔을 잘 모른단다. 하지만 혼자라는 외로움은 잘 알고 있지."

"아저씨, 전 이제 뭘 해야 할까요?"

막 스무 살이 된 진운은 지금까지 자신의 든든한 울타리가 되어왔던 아버지의 죽음으로 어떻게 살아야 할지 전혀 갈피를 잡을 수가 없었다.

사막 한가운데 자신이 버려진 것 같은 느낌을 받은 것이다.

"내가 뭔가 도움이 되고 싶지만……."

변호사는 알고 있었다.

이런 고통과 외로움은 결국은 스스로 이겨내야 한다는 것을 말이다.

그 어떤 위로도 소용없다는 것을 겪어봐서 잘 알고 있기에 가볍게 위로랍시고 뭔가 말을 꺼내기가 쉽지 않았다.

하지만 이대로 진운의 죽은 듯 멍한 눈동자를 보고만 있을 수도 없었다.

죽은 친구의 유일한 혈육이 진운이기도 했고 변호사에게도 진운은 남 같지 않았기 때문이다.

“여행을 떠나보는 게 어떠냐.”

“여행…….”

진운은 변호사의 말에 천천히 고개를 들어 한번 바라보더니,

“생각해… 볼게요.”

별다른 생각 없이 신경 써주는 것이 고마워서 대답한 것이다.

그렇게 변호사는 돌아갔다.

다시 혼자가 되어버린 진운은 쓰러져 자다 일어나면 멍하니 벽만 바라보고 또 그러다 잠이 들고, 며칠을 그런 식으로 지냈다.

배가 고프면 대충 먹을 것을 찾아 먹고 하다 보니 집안은 점점 거지꼴이 되어갔고, 진운의 눈동자는 점점 회색빛으로 변해가고 있었다.

그렇게 아무런 의미도 희망도 없는 날을 보내던 진운은 언제부터인지 잠에서 깨어나면 선명하게 머릿속에 남아 있는 기억 하나가 자꾸 자극하는 것을 깨달았다.

“사막… 그리고 넓은… 곳.”

며칠째 계속 같은 꿈을 꾸고 있는 것이다.

어떤 내용의 꿈인지는 전혀 기억나지 않지만 잠에서 깨어나면 진운의 머릿속에 선명하게 남는 장면이 있었으니, 바로

끝없이 펼쳐진 사하라사막 한가운데에 자신이 홀로 서 있는
모습이었다.

　처음에는 자신의 상황이 그러하니 그런 꿈을 꾼다고 생각
하고 별 대수롭지 않게 여겼다.

　하지만 하루, 이틀, 일주일, 보름이 넘어가면서 계속 같은
꿈을 꾸자 진운은 뭔가 이상하다는 것을 느끼기 시작했다.

　“…사하라사막… 이라…….”

　평생 가본 적도 없고 티브이에서 가끔 본 것이 전부인 그곳
이 어째서 자꾸 자신의 꿈속에 나타나는지 도무지 알 수가 없
었다.

　하지만 왠지 가야 할 것 같은 느낌이 들기 시작했다.

　솔직히 사막이라는 곳이 쉽게 여행 가고 싶다고 갈 수 있는
곳이 아니지만 지금 진운은 어딘가로 떠나서 지금 자신의 마
음을 진정시키고 싶다는 생각이 더 강했다.

　결국 사하라사막으로 여행을 떠나기로 결심을 굳혔다.

　거의 좀비마냥 지내던 진운이 갑자기 아버지의 친구이자
고문변호사를 찾아와 여행을 가기 위해 준비를 한다는 말을
듣고 그는 흔쾌히 도와주었다.

　어딘가 가서 마음을 정리하고 다시 시작할 준비를 하는 것
이 지금 진운에게는 무엇보다 중요하다고 생각했기 때문이다.

여행 장소가 사막이라는 말에 살짝 걱정은 했지만 요즘은 사하라사막 관광 코스까지 개발되어 있는 상황이라 크게 걱정하진 않았다.

설마 미치지 않고서야 사막을 혼자서 횡단할 것이라고는 꿈에도 생각하지 않았다.

진운은 최대한 빠르게 여행 준비를 하여, 그 길로 바로 아프리카 북쪽의 모로코로 향하는 비행기에 몸을 실었다.

비자가 필요 없고 영어가 쉽게 통하는 모로코를 변호사가 추천하기에 진운은 그대로 따른 것이다.

"덥네."

비행기에서 내린 진운을 처음 반긴 것은 한국에서는 절대로 느끼지 못할 엄청난 더위와 함께 온몸이 바싹 마를 듯한 건조함이었다.

그나마 모로코는 관광지로 제법 유명해서 시설이 잘되어 있는데도 이 정도인데, 실제 사막에 들어가면 어느 정도일지 상상이 가질 않았다.

솔직히 더위와 함께 입술이 바짝 마르는 건조함을 느꼈을 때 진운은 자신이 괜히 온 것이 아닌가 하는 후회를 했다.

그러나 뭔가 새로운 곳에 왔다는 기분과 설렘에 애써 무시하고 계획대로 움직이기로 했다.

모로코에 도착한 진운은 곧바로 커다란 사막 전용 지프차와 여러 가지 물품을 구입하기 시작했다.

원래는 전문 가이드가 함께 동행을 해야 되지만 지금 진운은 혼자 있고 싶었기에 지도와 내비게이션, GPS 등 몇 가지 장비와 식량과 기름을 구입하는 걸로 마무리 지어버렸다.

물론 자신의 안전보다 혼자 있고 싶다는 기분이 더 강했기 때문에 선택한 것이지만 사막이 처음인 진운은 이게 얼마나 큰 실수였는지 깨닫는 데는 그리 오래 걸리지 않았다.

모래바람을 헤치면서 지프차를 몰아 사막으로 들어온 지 5일째, 진운은 사막이 왜 사막인지 새삼 다시 느끼게 되었다.

낮에는 용광로에 있는 것 같다가, 밤에는 남극의 얼음바다 옆을 지나는 느낌을 받았다.

체감온도라고는 하지만 이 정도일 줄은 몰랐다.

"지독하다, 정말."

사하라사막 첫날에는 그래도 혼자 하는 여행의 낭만과 함께 여유가 있던 진운도 5일째부터는 오로지 적응하는 것만으로도 버거울 정도였고, 그날 처음으로 가이드 없이 혼자 여행 온 것을 후회했다.

그래도 지프에 준비한 기름도 넉넉하고 GPS도 있고 지도와 내비게이션도 있으니 크게 벗어나지만 않는다면 사막에서 길 잃을 일은 없다는 초보자다운 단순한 생각에 최대한 적응하려고 노력했다.

그리고 그렇게 홀로 사막을 여행한 지 10일째 되는 날, 진운의 눈앞에 펼쳐진 사막의 모습에 진운은 자신도 모르게 지프차에서 내렸다.

그는 조금 더 천천히 정면과 주변을 둘러보고 중얼거렸다.

"꿈에서 본… 곳이다. 확실해."

꿈에 나타난 사막은 마치 사진이라도 찍어놓은 듯 기억 속에 선명하게 남아 있다. 지금 그가 서 있는 곳에서 바라보고 있는 사막의 풍경은 마치 그 기억 속의 사막과 겹쳐 놓은 듯 너무나 똑같았다.

"드디어 왔구나……"

무작정 떠나긴 했지만 정말 이곳에 도착할 줄은 몰랐다.

진운은 자신이 떠나온 이유조차 잊고 눈앞에 펼쳐진 사막의 풍경을 그저 넋놓고 한없이 바라보기만 했다.

모래가 만들어놓은 언덕과 바람 따라 마치 파도치듯 모래가 쓸려가는 모습을 보고 있노라니 왠지 마음이 편안해졌다.

그런 편안함에 진운은 시간 가는 줄 모르고 멍하니 서 있었다.

삐삐삐삐!!

"……?"

감상에 젖어 있던 진운의 귀에 요란한 알람 소리가 들려왔다.

고개를 돌려보니 자신이 타고 온 지프차에서 울려 퍼지고 있었다.

"…뭐지?"

지금까지 이런 알람이 울린 적이 없기에 이상하게 여긴 진운이 지프차로 돌아가 운전석을 살폈다.

요란한 알람이 나오는 곳은 바로 내비게이션이었다.

"……?"

시끄러워서 알람을 끄려고 내비게이션에 손을 가져가던 진운은 내비게이션 화면에 빨간색으로 깜빡이는 글자를 보고는 순간 온몸이 굳어버렸다.

"Sand storm(모래폭풍)!!"

그제야 내비게이션을 살 때 상인이 했던 말이 기억났다.

본래는 GPS만 사려고 했던 진운은 상인이 세트로 사면 근처의 큰 모래폭풍이 나타나면 알려주는 알람 기능이 있다고 하는 말에 내비게이션까지 같이 구입했었다.

"어디서……?"

진운은 곧장 운전석에서 나와 주변을 살폈다.

그리고 지금껏 자신이 바라보던 풍경의 맞은편 뒤쪽, 저 멀리 커다란 벽 하나가 다가오는 것을 볼 수 있었다.

모래폭풍의 특성상 웬만큼 가까이 다가오기 전까지는 쉽게 사람이 느끼기 힘들었다.

어쩔 때는 덮치고 나서야 모래폭풍에 당했다는 것을 느낄 만큼 소리 소문 없이 다가오는 것이다.

하지만 크면 클수록 사막과 맞지 않는 이질적인 모습 때문에 초보자도 단번에 눈치채기 쉬웠다.

"……!"

사막에 산이나 절벽이 있을 리가 없다. 더욱이 점점 시간이 지날수록 절벽이 가까이 다가오고 있는 것을 확인한 진운은 생각할 것도 없이 모래폭풍이라고 판단하고는 지프차에 올라탔다.

이대로 모래폭풍에 휩쓸리면 무조건 죽은 목숨이다.

제법 거리가 멀지만 모래폭풍이 얼마나 큰지 그 끝이 보이지 않을 만큼 길게 늘어서 있어 지체할 시간이 없었다.

끼리리리릭, 끼리리릭!

"젠장, 왜 시동이 안 걸려!"

지금까지 고장 한 번 없던 지프차가 갑자기 시동이 걸리지 않았다.

쾅!!

진운이 서두른 탓인지 아니면 다른 문제인지 모르지만 그동안 잘 움직이던 지프차가 시동이 걸리지 않자 거칠게 핸들을 주먹으로 내려쳤다.

"젠장!"

모래폭풍은 빠른 속도로 진운의 지프차를 향해 다가오고 있었다.

거의 몇 킬로미터 앞까지 다가온 모래폭풍의 크기를 본 진운은 할 말을 잃어버렸다.

마치 모래로 만들어진 그랜드캐넌을 보는 것 같은 착각이 들 정도였다.

그와 동시에 진운의 손은 계속해서 지프차의 엔진에 시동을 걸기 위해 차키를 돌리고 있었다.

끼리리릭, 끼리리릭!

하지만 지프차는 끝까지 시동이 걸리지 않았다.

결국 진운은 시동 거는 것을 포기하고 지프차의 창문을 모두 닫고 문을 잠그고는 안전벨트를 단단히 매기 시작했다.

사막 여행을 위해 인터넷으로 블로그를 뒤진 경험이 있는데, 그때 어쩔 수 없이 모래폭풍을 만날 경우 절대로 함부로 움직이지 말라고 한 내용을 기억해 낸 것이다.

특히 차에 타고 있다면 무조건 모든 문을 닫고 안전벨트를 매고 신께 기도하라고 쓴 글이 생각나자 살고자 하는 본능 때문인지, 이 순간만큼은 지프차가 모래 하나 들어오지 않을 것처럼 완벽해 보였다.

하지만,

쿠와와와와와!!

　마치 커다란 산이 움직이는 듯한 엄청난 굉음이 들리기 시
작했고,

　드드드드드드드드드!

　진운이 타고 있는 지프차가 천천히 떨기 시작하더니 모래
폭풍이 가까이 올수록 떨림은 점점 더 심해졌다.

　바로 코앞까지 모래폭풍이 다가왔고, 진운은 그대로 허리
를 숙여 최대한 충격에 대비했다.

　그 순간,

　쾅!!

　엄청난 소리와 함께 진운의 지프가 끈 떨어진 연처럼 모래
폭풍에 휘말려 사라져 버렸다.

*　　　*　　　*

　"크윽! 그래도 살긴 했네."

　그 엄청난 모래폭풍에 휩쓸리고도 살아 있다는 것에 감사
한 진운은 힘겹게 일어서려다 가슴에서 느껴지는 통증에 다
시 주저앉아 버렸다.

　"크윽! 역시 안 되겠어."

　자세를 조금만 바꿔도 숨 쉬는 것조차 힘들 만큼 가슴에 통
증이 심해 진운은 움직이는 것을 그만둬 버렸다.

고개만 슬쩍 돌려 주변을 살펴보니 자신의 지프차가 저쪽 구석에 있는 것이 희미하게 보였다.

하지만 자동차의 핵심이라고 할 수 있는 앞쪽이 뜯겨져 나가 버린 상태라 지프차를 다시 쓰는 건 힘들어 보였다.

문짝이 떨어져 나간 운전석도 보였다.

"…살아 있는 게 오히려 기적이네."

지프차의 문짝이 떨어져 어디론가 사라져 버렸고, 안전벨트의 걸림 부분이 부서진 탓에 진운은 바깥으로 튕겨져 나와 지금 이 꼴이 된 것이다.

"그런데 대체 이곳에 어떻게 들어온 거지?"

올려다본 천정은 돌이 뚜껑처럼 막고 있었다. 모래폭풍이 차를 통째로 날려 보내서 이곳으로 떨어졌다고 해도, 어떻게 이곳으로 들어온 건지는 도저히 알 수 없었다.

누운 채로 몇 번 궁리를 해본 진운은 자신의 상식으로는 판단할 수 없음을 인정하고, 일단 이 현실을 받아들이기로 했다.

처음 진운은 이곳이 동굴인 줄 알았다.

그런데 시간이 지나 조금씩 움직일 만해지면서 여기저기를 살펴본 결과, 동굴이라기보다는 마치 방공호 같은 느낌이 들었다.

"설마… 2차대전 때… 독일군이 만든… 비밀 기지는 아니겠지?"

어릴 적 봤던 영화 중에, 사막에 옛 독일군이 버리고 간 비밀 기지 같은 소재가 단골손님으로 나왔었다.

문득 그 기억이 떠올라 그냥 우스갯소리로 중얼거려 봤지만, 점차 시간이 지날수록 전혀 웃을 수 없는 상황임이 분명해졌다.

"진짜 독일군 비밀 기지였네."

세월에 색이 바랜, 붉은색으로 커다랗게 그려져 있는 하켄크로이츠(나치군의 상징, 갈고리 십자가라고도 함)를 보고서 진운은 할 말을 잃어버렸다.

지프차에서 랜턴을 꺼내 우연히 비춘 벽에 그려진 커다란 하켄크로이츠를 확인한 순간 마치 무언가 머리를 때리는 느낌을 받았다.

설마 영화 같은 일이 자신에게 벌어질 줄은 상상도 못했으니 말이다.

털썩!

하켄크로이츠를 보고 잠시 다리에 힘이 빠진 진운은 그대로 주저앉아 버렸다. 하지만 곧 일어날 수밖에 없었다. 배가 고파왔기 때문이다.

아무리 힘들어도 살려면 먹어야 한다.

"지프 짐칸에… 있을 텐데."

솔직히 하켄크로이츠를 보고 놀랐을 뿐 겁을 먹거나 하진
않았다.

이미 독일이 일으킨 세계 2차대전은 오래전 일이고 이곳이
그때의 흔적이라면 버려진 지 오래되었을 것이 뻔하기 때문
에 무섭다는 공포보다는 오히려 희망이 생겼다.

"군사 기지라면 분명히 출구가 있을 거야. 분명히."

군사기지는 당연히 그 특성상 튼튼하고 잘 보이지 않는 곳
에 설치되게 마련이다.

그 무엇보다 진운에게 가장 희망적인 것은 기지인 이상 무
조건 출구가 있다는 것이다.

작게는 수백 명에서 많게는 몇 만 명이 머물면서 오가는 곳
이 군사기지이니 진운이 이런 생각을 하는 것도 당연했다.

질겅질겅.

지프의 뒷좌석에 있던 건식 식량과 생수 하나를 꺼내 먹으
면서 우선 주변을 좀 더 꼼꼼하게 살펴봤다.

"완전 영화 속에 들어온 기분이네."

어쩌면 영화에서 보던 독일군의 군사기지와 그리도 비슷
한지 한숨밖에 나오지 않았다.

"하지만 살펴는 봐야겠지."

대충 허기만 때운 진운은 우선 지프를 뒤지기 시작했다.

식량이나 구호약품 같은 경우는 자신이 직접 챙겼으니 어

디에 무엇이 있는지 알고 있지만 그 외의 것은 아직 모르는 게 많았다.

지프도 대여한 것이라 돌려줘야 하는데 상태를 보면 그러지 못할 것 같았다.

"그냥 차 값을 물어줘야겠군."

앞쪽이 완전 찌그러져서 더 이상 차로서 의미 없는 모습을 보고 있자니 한숨만 나왔다.

모래폭풍이 무섭다는 말을 듣긴 했지만 설마 군용 지프차가 하늘로 떠올라 이렇게 내동댕이쳐질 줄은 진운으로서도 예상 밖이었으니 말이다.

사실 사람들이 몰라서 그렇지 모래폭풍은 죽음의 벽이라는 별명이 붙을 만큼 무서웠고, 사막에서 나고 자란 사람들도 가장 무서워하는 것이었다.

그런데 진운을 덮친 모래폭풍은 사막에서도 유명한 것 중 하나였다.

특히나 이때 가장 빈번하게 생겨서, 아는 사람들은 여행은커녕 마을 밖으로 나가는 것조차 꺼린다는 것을 그가 알 리는 없었다.

지금 이렇게 살아 있는 것도 어쩌면 하늘이 도왔을지도 몰랐다. 물론 진운 본인은 그렇게 생각하고 있지 않지만 말이다.

"그보다 이제 뭘 해야 하지."

커다란 하켄크로이츠가 그려진 벽면을 보니 딱 봐도 2차대전 때 구 독일군의 버려진 군사기지라는 것은 뻔했다.

일단 그 문제는 제쳐 놓고, 지금 진운에게 가장 시급한 것은 어떻게든 살아서 이 군사기지를 벗어나야 한다는 것이었다.

물론 지프까지 완전 박살 난 마당에 타고 갈 만한 것도 없다.

또한 자신이 준비한 식량은 기껏 아껴 먹어봐야 한 달 치가 전부였다. 물도 식량과 비슷했다.

그나마 지하라서 사막의 태양을 피할 수 있는 게 다행이긴 하지만 이곳에서 이대로 있다가는 길어봐야 한 달을 넘기기 어려우리라.

목숨이 붙어 있는 동안 어떻게든 뭔가 방법을 강구해야만 했다.

벌떡!

잠시 생각하던 진운은 가장 먼저 이곳 독일군의 기지가 어떤 곳인지 살펴보기로 했다.

그렇다고 무작정 기지를 뒤진다는 것은 오히려 죽으려고 설치는 꼴밖에 되지 않기에 천천히, 그리고 조금은 느릴지 몰라도 안전하게 기지 내무를 살펴보고 지도를 그릴 생각인 것이다.

정말 운이 좋아서 식량 창고라도 발견한다면 진운의 목숨은 더 연장될지도 모른다.

본래 군사기지는 비상식량을 준비해 두는 게 기본 중의 기본이라고 했기에 어느 정도 희망을 걸고 있기도 했다.

2차대전 당시 비상식량의 대부분이 통조림이었다는 것을 역사에서 배운 적이 있어 이런 진운의 계획은 어떻게 보면 가장 합리적이었다.

하지만 진운이 놓친 것이 있었으니…….

Chapter
02
살기 위한 몸부림

"젠장, 뭐가 이리 넓어?"

오늘로 벌써 5일째다, 사막의 버려진 기지 안을 헤맨 지가.

우선 랜턴을 들고 무작정 한곳을 정해 갔다가 다시 되돌아오고, 그걸 노트에 그리면서 조금씩 퍼즐을 맞추듯이 지도를 그려 나갔다.

이 작업을 시작했을 때 진운의 예상에는 기껏해야 이삼 일이면 기지를 전부 돌아볼 수 있을 줄 알았다.

그런데 벌써 5일째가 되어가는데도 지도 그리기는 아직 절반도 완성하지 못했다.

거기다 진운이 떨어진 장소에는 입구가 모두 네 개가 있었다.

정확하게 동서남북으로 나눠진 듯 뚫려 있는 입구 중 겨우 한 개를 찾아서 가는 중이다.

끄적끄적.

슥슥.

걸어가는 방향대로 천천히 지도를 그려 나가고 있는 진운은 한숨을 쉬더니,

"뭔 군사기지가… 무슨 지하도시를 만들려고 한 건가, 뭐가 이리 넓어?"

5일 동안 진운 딴에는 여러 가지를 알아봤다.

공기가 흐르는지를 가장 먼저 알아봤더니 신기하게도 바람이 불었다.

그런데 그 바람이 시간마다 바뀌어 바람을 따라 출구를 찾는 것은 2일 만에 포기해 버렸다.

인공적으로 만든 구조물에서 바람을 따라 출구는 찾는다는 것은 오히려 자살 행위라는 말을 얼핏 들은 적이 있지만 이 정도로 바람의 방향이 제멋대로라면 바람 길을 따라 길 찾는 일은 어려웠다.

하지만 아무리 힘들다고 해도 포기할 수는 없었다.

여기서 포기하는 순간 자신은 이곳에서 바짝 마른 시체, 즉

미이라가 되어버릴 테니 말이다.

"까짓것, 죽기밖에 더하겠어!"

진운은 지쳐 갈수록 약해지는 자신의 마음을 추스르기라도 하는 듯 큰소리를 쳤다. 다시 다리에 힘을 주어 한 걸음 내딛었다.

지금 그가 할 수 있는 것은 걷고 또 걷는 것이 전부였다.

이대로 포기하고 죽을 날만 기다리기에 진운은 아직 젊었고, 무엇보다 죽기는 싫었다.

하지만 그런 기운찬 걸음도 10일이 넘어가면서 점점 지쳐갔고, 그와 더불어 약해져 가는 마음을 다잡는 것이 버거워짐을 어쩔 수 없이 인정해야만 했다.

"…이쪽은 다 봤고, 저쪽은 의외로 짧았지. 여기는 무너져서 더 이상 나아가질 못했고, 이제 남은 곳은 이곳뿐인가?"

진운은 지도를 보며 직접 발로 뛰면서 랜턴을 비춰가며 확인했다.

동서남북으로 뚫려 있는 입구를 조사하는 중에 만든 지도에는 단 한 곳, 북쪽을 가리키는 입구를 제외하고는 마치 미로 찾기 그림처럼 어지럽게 그림이 그려져 있었다.

무려 10일 동안 진운은 북쪽 입구를 제외한 다른 세 곳의 입구 모두 탐사를 끝낸 상태였다.

운이 좋은 건지 모르지만 남쪽과 서쪽은 짧아서 하루 만에 각각 하나씩 탐사를 끝냈다.

하지만 지도를 보는 진운의 눈동자는 지금 심하게 흔들리고 있었다.

"만약에……."

자신의 마음이 약해질까 봐 일부러 입 밖으로 꺼내진 않지만 남은 북쪽에서도 나가는 길을 찾지 못한다면 진운은 꼼짝없이 이곳에 갇힐 수밖에 없는 상황이다.

그리고 남쪽에서 봤던 무너진 흑적이 바로 이곳에서 나가는 출구라는 결론이 나온다.

진운은 사하라사막의 아무도 알지 못하는, 옛 2차대전 당시 독일 나치군이 만들어놓은 군사기지에서 죽을 위험에 처하게 되리라고는 생각조차 해보지 않았다.

누가 그런 상상이나 해보겠는가마는, 아버지의 죽음과 자신을 괴롭히는 꿈에서 벗어나고 싶다는 생각에 무작정 떠나온 여행이 죽음으로 가는 여행이었음을 느꼈을 때는 정말 화가 나고 미치고 싶은 심정이었다.

하지만 진운은 의외로 냉정했다.

"이것도… 역시 유전인가."

진운은 이런 상황에도 오히려 냉정함을 유지하고 있는 자신이 참 신기한 한편 어쩌면 당연한 일일지도 모른다고 생각했다. 자신의 아버지도 그랬으니 말이다.

어렵고 힘들고 괴로울수록 진운의 아버지는 오히려 더욱 냉정해졌다.

감정적으로 대하지 않고 최대한 자신을 관리하는 모습을 보여줬다.

물론 진운도 그런 아버지를 보고 자랐으니 닮아가는 건 어쩌면 당연했다.

한번 화를 내면 물불을 가리지 않는 불같은 모습도 있지만 어지간해서는 화가 날수록 냉정해지는 성격인 것이다.

이럴 때는 정말 오히려 집안의 유전적인 성격이 참 고맙기도 했지만, 버틸수록 힘들어지는 것은 어쩔 수 없었다.

"하아……."

솔직히 한숨만 나온다.

자가 충전식 랜턴에 충전된 배터리가 떨어지면 바로 눈앞에 손을 올려도 아무것도 보이지 않는 어둠뿐인 이곳에 벌써 10일째 있는 중이다.

그것도 홀로. 그 누구도 진운이 이곳에 있다는 것을 알지 못한다.

한마디로 여기서 죽으면 진운은 짧막하게 두 글자로 세상에 알려질 것이다. '실종' 이라는 말로 말이다.

어쩌면 조금 더 길게 나갈지도 모른다.

몇 십 억이나 하는 재산을 가지고 있는 한국인 청년, 사하라 사막에서 실종되다, 라고 말이다.

물론 진운은 자신의 명의로 있는 재산이 아까워서 지금 살려고 하는 게 아니었다.

오히려 크게 어려움 없이 자라서 그런지 몰라도 돈에 대한 집착은 없는 편이었으니 말이다.

다만 이렇게 죽는 건 억울했다.

거기다 자신이 이곳에 온 가장 큰 이유인 꿈의 실마리조차 알지 못한 마당에 그냥 죽는 건 너무나 억울하고 허무했다.

바스락.

진운은 뒷좌석에서 생수 하나와 비상용 식량을 꺼내 들어 봉투를 뜯었다.

"역시 맛이 없어."

이곳에 떨어진 이후로 거의 매 끼니를 이걸로 해결하고 있지만 정말 맛이 없었다.

물론 이것만 있는 것은 아니지만 언제 빠져나갈지 모르는 상황에서 다른 식량은 최대한 아끼려고 일부러 손대지 않고 있었다.

하지만 식량을 아끼려고 한다는 것 이상으로 이렇게 비상용 건식 식량으로 끼니를 때우는 이유는 물이 모자라기 때문이기도 했다.

비상용 식량은 봉투만 뜯어서 먹으면 그만이다.

맛은 없지만 필요한 영양분은 모두 가지고 있다. 즉, 간편하다는 것이다.

하지만 다른 식량은 좀 사정이 달랐다.

간편하긴 했지만 요리를 해야 하는 것이 대부분이다.

특히나 끓는 물에 넣어서 먹는 것은 생각 이상으로 물의 소비량이 많아서 첫날 하루 먹고는 바로 생각을 바꿔 버린 진운이다.

거기다 음식물 쓰레기도 나오니 더더욱 위험했다.

사막에는 살아가는 생명체가 거의 없을 것이라고 생각하기 쉽지만 의외로 바퀴벌레부터 작은 쥐까지 의외로 종류가 많다.

그리고 그런 벌레와 쥐들이 진운이 버린 음식물 쓰레기 때문에 모여드는 것까지 확인한 뒤로 진운은 자신이 먹고 남은 쓰레기를 태워 버렸다.

한마디로 지금 먹는 비상용 식량을 제외하고는 먹고 나서 너무나 손이 많이 가는 것이다.

조금이라도 빨리 이곳을 벗어나야 하는 진운이 신경 쓰이는 것이 많은 다른 식량보다 건식 식량을 고집하는 건 어쩌면 당연했다.

바삭바삭.

건식 식량을 씹어 먹으면서 생수를 따 한 모금 마시지만 그것도 정말 최소한만 먹었다.

어떻게든 버텨야 하는 것이다.

얼마 동안 이곳에 머물러야 할지 모르는 상황이니 뭐든지 아껴야 했다.

특히나 물은 그중에서 가장 0순위로 아껴야 하는 것 중 하나였다.

하지만 건식 식량이 이렇게 편하고 진운에게 도움이 되는 반면 나쁜 점도 있는데, 그중에 가장 큰 것이 바로 변비였다.

"4일 만에 신호가 오네, 이번에는."

처음에는 하루에 한 번 정도 배변 신호가 왔지만 건식 식량을 먹고 물을 최소한으로 줄이면서 필연적으로 진운은 변비에 시달렸다.

아마 살아 나가면 치질로 한동안 고생 좀 할지도 모른다는 생각에 자신도 모르게 피식 웃었다.

하지만 웃음도 잠시, 곧바로 지프차를 벗어나 화장실로 사용하는 서쪽 입구로 들어갔다.

서쪽 입구를 화장실로 정한 건 별다른 의미는 없었다.

10m 정도밖에 되지 않는 깊이에 오로지 일직선이라 길 잃을 염려도 없고, 무엇보다 만들다 그만둔 듯 통로가 너무 짧았기 때문이다.

거기다 지프에서 가장 멀리 있어서 나름 위치를 고려한 것이다.

"아, 이러다 정말 살아 나가도 고생이겠네."

변비가 생각보다 점점 심해진다는 것을 느끼며 지프차로 걸어 들어가던 진운은 돌연 걸음을 멈췄다.

"……."

천천히 랜턴을 돌려가면서 주변을 살펴보는 눈빛에는 긴장감이 서려 있었다.

하지만 이곳에서 지금까지 10일이 넘게 지냈지만 사람은 커녕 가끔 사막쥐 몇 마리와 바퀴벌레를 본 것이 전부였기에 뭐가 있을 리가 없었다.

그래도 진운은 무언가 본 것처럼 굳어진 얼굴로 사방을 꼼꼼하게 살폈다.

"뭐였지?"

진운은 좀처럼 굳은 얼굴을 펴지 못한 채 한참을 주변을 관찰했다.

하지만 진운이 걱정하는 것이 있기에는 사하라사막이 너무 황폐했기에 결국 찾은 것은 아무것도 없었다.

"내가 잘못 봤나?"

진운은 아무리 찾아도 눈에 띄는 게 없자 포기하고 지프로 들어가기 위해 차문을 열었다.

스윽~

“……?”

정말 한순간이었다.

지프의 문을 여는 순간 뭔가 진운의 눈동자에 비친 것은 말이다.

너무나 선명하게 머릿속에 남아 있는 모습이다.

푸른색에 마치 물 위를 떠다니는 듯 흔들거리면서 지프차 반대편에 나타났다 사라지는 것을 본 것이다.

“내가 헛것을 보네. 아무래도 정신적으로 압박이 심한가 보다.”

가끔 어둠 속이나 어딘가에 갇히게 되면 정신적인 압박으로 환상이나 헛것을 보는 경우가 많다고 들었다.

특히 인간은 상상력이라는 것 때문에 그런 환상을 더 잘 보는 특징이 있다는 말을 어디선가 들은 적이 있기에 애써 스스로 헛것을 본 거라고 생각하고는 무시했다.

아니, 무시하려고 했다. 다시 그것이 진운의 눈앞에 나타나기 전까지는 말이다.

푸른색 불이었다.

진운의 눈앞에 나타난 것은 흔히들 말하는 도깨비불이라고 하는 것으로, 허공에 휙휙 떠다니면서 무덤가나 시체가 많은 곳에 자주 나타난다고 알려져 있다.

보통 사람은 그걸 보는 순간 오줌을 지리거나 다리에 힘이 풀려 주저앉는 게 대부분이다.

뭐, 기절하는 사람도 나름 많은 편이긴 했다.

하지만 진운은 자신의 눈앞에 떠다니면서 시야를 어지럽히는 도깨비불을 보고도 놀라거나 겁먹지 않았다.

물론 진운 자신도 생전 처음 보는, 아니, 이야기로만 자주 들었던 도깨비불이 직접 눈앞에 나타났으니 놀라긴 했다.

그런데 도깨비불을 보고 진운이 생각한 것은 엉뚱하게도,

'귀신은 동서양 다를 게 없는 건가?

였다.

보통 이야기책이나 괴담을 보면 나라마다 귀신의 종류와 특징이 많이 다른 것을 알 수 있다.

대표적으로 중국은 발이 달린 강시를 귀신으로 생각하는 반면, 한국의 귀신은 발이 없다.

한마디로 나라마다 귀신이 이처럼 확연히 차이가 나는데 이곳은 한국에서 완전히 지구 반대편에 있는 사하라사막이다.

당연히 사하라사막의 귀신은 조금은 다를지도 모른다고 무의식적으로 인식한 것이다.

한국에서 흔히 들었던 도깨비불이 나타나자 오히려 약간 친근하다고 해야 할까?

아무튼 옆에 누군가 있었다면 진운을 오히려 미친놈으로 생각할 만한 것을 머릿속에 떠올리고 있는 것이다.

언제 죽을지도 모르는 이런 상황에도 차분하게 스스로를 관리하고 있는 진운의 성격도 지금 도깨비불을 보고 심하게 놀라지 않는 데 어느 정도 도움이 되긴 했다.

스르륵스르륵.

분명 도깨비불이 흔들거릴 때마다 무언가 움직이는 느낌이 들었지만 소리는 들리지 않았다.

다만 도깨비불의 불꽃이 흔들리는 것을 보면 살아 있는 듯 움직이고 있다는 것만 확인할 수 있었다.

진운은 꼬집어보고 눈을 감았다가 다시 뜨고 별의별 짓을 다 해봤다.

혹시나 자신이 극한의 상황에 놓여서 헛것을 보는 게 아닌지 해서 말이다.

하지만 그런 별짓을 다 하는 30분 동안 눈앞의 도깨비불은 여전히 춤추듯 천천히 허공을 떠다니고 있었다.

진운은 그 도깨비불의 존재를 이윽고 인정하고, 이번에는 관찰을 시작했다.

가만히 지켜보니 뭔가 규칙적으로 움직이는 듯 보였다.

“······.”

환상이 아니라는 것을 확인하고 나서야 진운은 혹시나 하는 생각에 자리에서 일어나 조금씩 다가가기 시작했다.

도대체 무슨 용기가 나서 그것에 다가갔는지는 모르지만 어쩌면 그동안 혼자 있었다는 고독감 때문일지도 몰랐다.

부스럭.

"……?"

몇 걸음 다가갔을까? 소리가 들렸다.

절대로 귀신이나 도깨비불이라면 소리가 날 이유가 없는데 말이다

저벅저벅.

소리가 났다는 것에 혹시나 살아 있는 무언가일지도 모른다는 희망이 들자 걸음걸이가 자연스럽게 빨라졌다.

저벅.

크르르룽, 크르륵.

"개?"

소리만 들어도 알 수 있는 개 특유의 으르렁거리는 소리가 들리자 진운은 걸음을 바로 멈추고는 손에 들고 있던 랜턴의 스위치를 올렸다.

찰칵!

촤악!!

한순간 어둠 속에서 랜턴의 불빛이 정면을 향해 쏟아졌다.

"개다."

랜턴의 불이 켜지자 눈에 보인 것은… 정말 개였다.

짧은 털에 얼굴은 거의 직삼각형이며 날렵한 모습으로, 특이한 것은 가슴과 앞발, 뒷발은 흰색인 데 반해 그 외는 진돗개 중의 황구와 비슷한 황색이었다.

얼굴에는 미간에서부터 코끝까지 흰색 줄이 나 있어 날렵하면서도 맹수 같다는 느낌을 주었다.

진운은 몰랐지만 이 개는 바센지라는 개로, 본래 사하라사막 이남 아프리카 원주민들이 키우던 사냥개다.

바센지라는 것도 본래 야생 개라는 뜻으로, 처음에는 벨지안 콩고 도그(Belgian Congo Dog)라는 이름으로 불린 적도 있다.

바센지는 특이한 특징이 하나 있는데, 잘 짖지 않는다는 것이다.

하지만 사냥개 출신답게 매우 활동적이고 용맹하기에 짖지 않는다고 순하다고 생각하면 오산이다.

짖지 않는 개가 오히려 사람을 잘 문다는 옛말도 있듯 바센지는 웬만한 사냥개 이상이다.

거기다 지금 진운 앞에 나타난 바센지는 정말 옛날 바센지 견종처럼 야생에서 살아온 들개이기에 웬만한 늑대 이상이라고 봐야 할 것이다.

크르르르르륵! 크르르르륵!

진운이 랜턴을 비추자 경계하면서 진운을 향해 노려보는 모습을 보이는데 어째 조금 이상했다.

"…피?"

랜턴의 불빛에 선명하게 보이는 핏자국과 함께 앞다리가 기이하게 꺾여 있는데 앞다리가 두 개 다 그랬다.

개는 앞다리가 다치면 거의 일어서지 못한다고 봐야 한다.

앉아 있거나 엎드려 있다 일어설 때 개는 앞다리를 축으로 해서 일어선다.

그런데 앞다리 양쪽 모두 절대로 꺾일 수 없는, 앞쪽으로 'ㄴ'자 모양으로 꺾여서 움직일 때마다 힘없이 너덜거리는 게 보였으니 말이다.

크르르르르르, 크크르륵!

진운을 향해 나직하게 으르렁거릴 뿐 짖거나 하진 않았지만 이미 진운은 경계를 어느 정도 푼 상태였다.

아무리 맹수라도 앞다리가 저 지경이 되어서는 아무런 위협이 되지 못하기 때문이다.

거기다 딱 봐도 개라는 것을 알 수 있는 익숙한 특징 때문인지, 평소에 동물을 좋아했던 그의 성격 때문인지, 오히려 낮게 으르렁거리는 모습이 안쓰럽기까지 했다.

"목줄도 없고 사람을 극도로 경계하는 모습까지 들개 같은데……."

　도대체 언제부터 이 들개가 이곳에 있었는지 진운은 알지 못한다. 분명히 이곳을 살펴볼 때 빠진 곳 없이 다 살펴봤다. 그때는 이 개가 없었다.

　"혹시……."

　진운은 순간 혹시나 하는 생각에 랜턴을 자신이 떨어졌을 것으로 생각되는 천장을 비추어보았다.

　"역시나 그대로네."

　처음 이곳에 떨어지고 본 그대로 커다란 바위가 구멍을 막고 있다.

　도대체 10일 가까이 이곳에서 지내온 진운도 모르는 사이에 개가 나타난 것이 신기하긴 했지만 지금 그런 것을 따진다고 눈앞에 있는 개가 사라질 것도 아니기에 우선은 의문을 접었다.

　그러다 문득 머리를 스치는 것이 있었는데,

　"혹시… 북쪽 입구를 통해?"

　조금 전까지 자신은 남쪽 통로를 살펴보고 있었다.

　실제로 진운이 이곳 중앙 공터에 머무는 때는 식사할 때와 잘 때뿐이었으니, 얼마든지 아직 가보지 않은 북쪽 통로를 통해서 저 개가 들어올 수 있는 것이다.

　"혹시… 가능성이 있을지도."

　보이지 않던 개가 나타났고 아직 가보지 않은 마지막 통로가 남아 있는 상황에 진운은 어쩌면 이곳에서 벗어날 수 있을지도 모른다는 희망이 생겼다. 그의 얼굴에 화색이 돌기 시작했다.

그런데 지금 진운도 잊고 있는 것이 있었는데, 그건 바로 일어서지도 못할 만큼 앞다리가 부러진 개가 어떻게 이곳까지 왔는지 하는 것과, 개가 엎드려 있는 곳을 제외하고는 그 어디에도 개의 핏자국이 눈에 띄지 않는다는 것이다.

마치 허공에서 다친 개가 뚝 떨어진 것처럼 나타났다는 것을 진운은 생각하지 못했다.

물론 그런 것을 생각할 여유가 없기도 했지만, 이런 상황에 희망을 품게 된 진운에게는 오히려 다행이라고도 할 수 있었다.

사람은 희망이 있다면 기적 같은 힘을 발휘하는 경우가 많으니 말이다.

"……."

진운이 곧바로 남은 북쪽 통로를 향해 힘차게 들어가려고 하는 순간,

출렁~

"……?"

마치 무언가 부드러운 것이 진운의 밀어내듯 반탄력이 생기더니 그대로 밀려나 버렸다.

“뭐지?”

랜턴으로 다시 비춰보니 그냥 통로였다. 아무것도 보이지 않는 어둠이 가득한 곳 말이다.

“내가 너무 오래 이곳에 있었나?”

긴박한 상황에 너무 오랫동안 혼자 있었다는 생각에 몸이 잠시 휘청거렸으려니 생각하고는 대수롭지 않게 다시 걸음을 옮겼다.

그런데,

출렁~

“어이쿠!”

이번에는 확실하게 뒤로 밀려나면서 넘어져 엉덩방아까지 찧었다.

“뭐야, 이건?”

그제야 통로를 막는 무언가가 있다는 생각에 진운이 천천히 다가가 북쪽 통로로 들어가는 입구에 손을 밀어 넣자,

쑤우우욱.

마치 보이지 않는 투명한 랩을 손으로 미는 것 같은 느낌을 받았다.

그리고 밀어 넣던 손에 힘을 빼자,

출렁~

“헛!”

자신이 밀어 넣었던 힘만큼 튕겨져 나와 버린 것이다.

그런데 밀어 넣었던 손에 남아 있는 감촉이 너무나 특이해서 진운은 순간 자신의 손을 물끄러미 바라봤다.

"따뜻했어."

부드러운 젤리나 실리콘에 손을 넣었다가 뺀 것과 같은 촉감이 너무나 선명하게 남아 있었다.

무엇보다 따뜻한 느낌이 진운을 당황스럽게 만들었다.

하지만 그런 신기한 느낌보다 지금 이 통로를 막고 있는 이 보이지 않는 막 때문에 더 이상 안으로 들어가지 못하고 있다는 것이 답답했다.

출렁~

출렁~ 출렁~

손과 발, 머리 모조리 집어넣어 보았지만 역시나 힘을 줘서 집어넣은 것만큼 튕겨 나와 버리니 도무지 해결 방법이 보이지 않았다.

랜턴을 비춰보면 뻥 뚫려 있는 통로가 훤히 보이는데 막상 들어가질 못한다는 것에 씨름하던 진운은 결국 지쳐 주저앉았다.

"헉헉, 헉헉."

거의 수백 번이나 보이지 않는 막을 통과하려고 별의별 짓을 다 해봤지만 아무리 용을 쓰고 힘을 줘서 밀어봐도 오히려 힘을 준 만큼 튕겨 나왔다.

진운은 방법이 없는 상황에 가쁜 숨을 몰아쉬면서 주저앉은 채 물끄러미 통로만 바라봤다.

보이지 않지만 확실히 무언가가 자신을 막아서고 있다는 것에 진운은 한참을 그렇게 노려보다가 결국 힘없이 걸어서 지프차로 돌아왔다.

크르르릉.

"너까지 짖어대냐."

어차피 움직이지 못하는 녀석이라는 생각에 경계심도 사라진 상태였던 진운은 낮게 으르렁거리는 개의 모습에 가볍게 핀잔을 주고는 건식 식량을 꺼내 먹었다.

"배부르니 좀 살 만하긴 한데……. 아, 이대로 방법이 없는 건가."

몇 시간 동안 진짜 별의별 짓을 다 해본 진운은 온몸에 맥이 탁 풀리는 느낌에 지프차의 타이어를 등받이 삼아 기대앉아 한숨만 내쉬다 문득 개와 눈이 마주쳤다.

크릉.

낮게 으르렁거리는 모습과 다리가 부러져 움직이지 못하는 모습의 개를 보고 있자니 순간 저 개나 자신이나 뭐가 다르지 하는 생각이 든 것이다.

"나중에 저 녀석이 죽기라면 하면… 외롭겠지."

다쳐서 그런지 몰라도 무섭다거나 위험하다는 생각보다
이대로 저 개마저 죽으면 혼자가 된다는 생각에 왠지 서글퍼
진 것이다.

지금까지 혼자 버텨왔지만 갑자기 나타난 개가 죽어버린
다면 왠지 자신마저 그렇게 될지도 모른다는 생각에 진운은
그대로 일어나 물과 식량을 꺼내 개를 향해 다가갔다.

크르르릉!! 크르릉!!

진운이 다가오자 낮게 으르렁거리던 녀석이 좀 더 크게 위
협해 댔다.

들썩들썩.

뭔가 하려고 꿈틀거리지만 아무것도 할 수 없는 녀석의 몸
부림에 진운은 처연한 생각이 들었다.

"먹어라."

식량을 뜯어 개 앞에 내밀자,

크르릉!!

으르렁거리기만 할 뿐 진운이 내민 식량을 쉽게 먹으려 하
지 않았다.

하지만 그것도 잠시 뿐, 이내 코를 벌름거리더니,

콰직!

혹시라도 진운이 뺏어가기라도 할까 봐 식량을 물고는
애써 자신의 품으로 고개를 돌려 허겁지겁 먹어치우기 시

작했다.

정말 게 눈 감추듯 먹어치운다는 말이 무언지 보여주는 듯 개는 진운이 내민 식량을 고개를 돌리자마자 먹어치워 버렸다.

"이것도 먹어라."

식량이 축난다는 것보다 이 개마저 없다면 외로움에 못 견딜 것 같은 생각에 진운은 그렇게 자신의 한 끼 분량의 식량과 물을 개에게 줘버렸다.

쩝쩝.

끄으으으응.

먹을 것을 줘서 그런지, 아니면 진운이 별다른 해를 끼치지 않아서 그런지 개는 진운을 향해 더 이상 으르렁거리지 않고 고개를 숙인 채 눈치를 보는 듯 슬쩍 바라보면서 낑낑거렸다.

"아프지? 하지만… 아!"

진운은 다리를 다친 녀석이 불쌍하긴 했지만 막상 뭔가 해줘야겠다는 생각을 하지는 않았다.

그러나 이제 어느 정도 동질감이 생겨서 치료라도 해줘야겠다는 마음이 들었다.

곧장 지프차로 가 뒷좌석에서 비상용 구급상자를 꺼내와 개에게 다가갔다.

그리고 부목으로 쓸 만한 것으로 네 개를 같이 챙겨왔다.

“물려고 들면 어쩌지?”

막상 구급상자와 부러진 앞다리에 고정할 부목을 가져오긴 했지만 쉽게 손이 나가질 않았다.

동물이다 보니 아프면 물거나 할퀴는 건 기본일 테니 말이다.

할퀴거나 물리는 게 크게 문제가 되진 않지만 지금처럼 갇힌 상태에서 다쳐도 도움을 받지 못하는 상황에는 개한테 물리거나 발톱에 긁히는 상처에도 심각한 지경이 될 수 있다.

그는 어떻게 하지를 못하고 손만 뻗었다 다시 거둬들이는 행동만 계속했다.

그러다 문득 개와 눈이 마주쳤다.

어둠 속에서 푸른빛을 연상시키는 개의 눈동자와 마주하고 진운이 느낀 것은 참 맑다는 것이다.

깨끗한 물위에 그림을 그린 듯 맑은 눈동자를 가만히 보고 있던 진운은 자신도 모르게 천천히 손을 뻗어 개의 머리를 쓰다듬었다.

스윽스윽.

끼이이잉.

진운의 손길을 거부하지 않고 오히려 받아들이면서 애교까지 피우는 모습을 보고는 용기를 낸 진운은 곧바로 다친 다리에 손을 대어보았다.

캥!!

"이크!"

갑작스런 개의 비명 소리에 놀란 진운이 손을 거둬들였다.

그런데 개가 진운을 물끄러미 바라보더니 갑자기 낑낑대면서 몸을 비트는 게 아닌가?

아픈지 계속 낑낑거리면서도 몸을 비틀어 옆으로 눕더니 놀랍게도 다친 다리를 진운 쪽으로 내밀었다.

"치료해… 달라는 건가?"

지금까지 동물을 좋아하긴 하지만 키워본 적이 없는 진운이 봐도 지금 개의 행동은 상식 밖이었다.

개가 치료해 달라고 아픈 다리를 내밀다니?

말이 안 되는 상황이었지만 지금 진운에게 벌어진 현실이기도 했다.

"그래, 이 정도에 겁먹어서 내가 어떻게 여기서 살아 나가겠냐."

아픈 다리를 굳이 움직여 가면서 자신에게 내밀어준 개의 모습에 진운도 오기가 생겼는지 붕대와 부목이 될 만한 것을 양손에 쥐고 개의 다리를 움켜잡았다.

캥! 캥!

아픈지 개는 비명을 질렀지만 이번에는 진운도 놀라거나 하지 않았다.

오히려 비명 소리가 들릴 때마다 과감하게 손가락을 움직여 혹시나 뼈가 어긋난 것은 아닌지 살짝 만져 보고는 곧바로 부목을 대고 붕대로 감았다.

낑낑낑낑.

<u>부르르르르</u>.

한쪽 다리에 붕대를 감고 나서 무심결에 진운이 개의 머리를 봤을 때 사시나무 떨 듯 떨면서도 이빨을 꽉 물고 신음을 참으려고 하고 있었다.

잠깐 눈동자가 흔들렸지만 곧바로 남은 다리 한쪽에도 부목을 대고 붕대를 감았다.

"됐다."

진운이 가벼운 한마디와 함께 손을 떼자 개도 그제야 고통이 좀 덜한지 낑낑거리는 소리가 그쳤다.

하지만 힘들었는지 혀를 빼물고는 거친 숨소리를 내뿜더니 그대로 잠들어 버렸다. 가슴만 움직일 뿐 미동조차 하지 않았다.

"이제는 모두 네 몫이다."

진운도 해줄 만큼 했다는 생각에 일어서 다시 지프로 돌아와 지친 몸을 쉬면서 가만히 앉자 그제야 한숨과 함께 긴장이 조금은 풀렸다.

결코 좋지 않은 상황이지만 선의를 베풀고 나니 괜히 희망이 생기는 듯했다. 참 단순하다고 생각하면서 진운은 피식 웃다가, 고개를 돌렸다.

하지만 곧바로 진운의 표정이 안 좋아졌다.

고개를 돌리자 잠시 잊고 있던 문제는 여전히 그곳에 남아 있었기 때문이다.

Chapter 03
이건 뭐지?

　지프차 너머로 보이는 북쪽의 통로를 보고 있으면 답답했다.

　도무지 들어갈 방법이 보이지 않으니 말이다.

　"저건 도대체 뭐야? 뭔 짓을 해도 들어가질 못하겠으니……."

　차라리 딱딱한 것이라면 깨보겠다는 희망이라도 있을 텐데 저건 마치 탄성이 좋은 고무막처럼 유연하면서도 빈틈이 없었다.

　저걸 뚫고 들어가야 하는 상황에 어떻게 해야 할지 길이 보이지 않았다.

"……!"

답답함에 오만상 인상을 찡그리면서 북쪽 통로를 노려보던 진운은 황급히 조수석의 보관함을 열더니 무언가 열심히 뒤적거렸다.

"찾았다!"

진운이 보관함에서 꺼낸 것은 권총이었다.

총 열다섯 발의 총알이 장전된 권총으로, 사실 이건 본래 진운은 구할 생각조차 못하고 있던 것이었다.

한꺼번에 여러 가지 물품을 구매하는 진운에게 한 가지라도 더 팔아보려던 상인이 은밀히 내민 것이다.

사막에는 아직도 마적 떼가 있고 여행자들을 노린다는 말로 진운을 구슬린 상인은 열다섯 발의 총알이 꽉 차 있는 탄창 두 개를 덤으로 더 주면서 권총을 사라고 꼬드긴 것이다.

물론 권총은커녕 가스총도 구경해 보지 못한 진운에게 권총은 쉽게 손이 가질 않았다.

하지만 이곳은 한국이 아니라는 생각과 은밀하게 계속 진운을 설득하는 상인의 꼬임에 결국 진운은 권총까지 사게 된 것이다.

하지만 마적은커녕 보이는 건 모래뿐인 사막에서 권총 쓸 일이 없어 잊고 지내던 것이 이제야 겨우 생각났다.

진운은 곧바로 덤으로 얻은 탄창 두 개까지 챙겨서 다시 북쪽 통로 앞에 섰다.

"아무리 질기고 강해도 설마 권총까지 못 뚫을까."

진운은 어릴 적 가지고 놀던 BB탄 장난감 총을 만지듯 안전장치를 풀고 탄창 레버를 살짝 당겨 탄창을 빼내더니, 총알을 확인하고는 다시 장착했다.

찰각!

거친 쇳소리와 함께 확실하게 탄창이 장착되었다는 소리가 들리자 권총의 위쪽에 슬라이드 부분을 손으로 잡고 당겼다.

끼리리릭.

철컥!

권총의 노리쇠가 장전되는 소리와 함께 신기하게도 진운의 귀에 탄창에서 빠져나온 총알이 장전되는 소리까지 들렸다.

"후우움."

막상 독하게 마음먹고 권총을 가지고 오긴 했지만 아직 군대도 가지 않은 진운에게 권총은 너무나 낯설게만 느껴졌다.

그리고 혹시나 몰라서 정면으로 서기보다, 잘못 쏴서 총알이 튕기더라도 나름 안전하다고 생각되는 각도로 서서 깊게 숨을 들이마셨다.

“양손으로 손잡이를 강하게 잡고…….”

꾸욱!

“호흡은 천천히, 그리고 깊게 들이마시고…….”

고등학생 때 서바이벌 동호회를 하면서 나름 배운 방법을 중얼거리면서 천천히 권총의 안전장치에 손가락을 올렸다.

끼릭!

안전장치를 풀고 손가락을 방아쇠에 살짝 올린 진운은 깊게 들이마시던 숨을 멈췄다.

‘호흡을 멈추고… 겨냥하고… 쏜다.’

총을 쏠 때 호흡을 멈추는 것은 일반적인 사격에서 기본 중의 기본이다.

그건 장난감을 가지고 노는 서바이벌 게임이나 실제 총알을 쏘는 사격이나 크게 차이가 없었다.

타앙!!

텅!!

“……!!”

진운은 방아쇠를 당기는 순간 번쩍거리면서 빛이 사방을 밝히는 것을 보았다.

그리고 발사된 총알이 투명한 막을 뚫을 것처럼 강하게 파고들어 가다가 힘을 잃고 곧바로 튕겨 나오는 모습까지 말이다.

"말도 안 돼, 이건."

막이 튕겨낸 총알은 진운이 서 있는 곳에서 조금 벗어난 각도로 꺾이더니 지프차 타이어에 박혔다.

지프차 타이어는 사막 횡단용이기 때문에 보통 타이어보다 훨씬 단단한 재질로 만들어진다.

그런 타이어에, 투명한 막에서 튕겨 나온 탄환이 박히는 모습을 보니 등골이 서늘해졌다.

튕겨 나온 총알이 타이어가 아닌 자신의 가슴에 박혔더라면? 비스듬하게 서서 쏜 것이 정말 정답이었다.

"젠장!!"

탕!! 탕!!

그냥 홧김에 두 발을 더 쐈다.

텅!! 텅!!

하지만 역시나 방금 전과 비슷한 각도로 꺾인 총알은 지프차 타이어에 그대로 박혀 버렸다.

현재 진운이 가지고 있는 가장 강력한 무기인 권총으로도 어떻게 할 수 없다는 것에 절로 한숨이 나왔다.

분명히 통로에 뭔가 있는 건 확실해 보였다. 하지만 들어갈 방법이 없는 상황에 결국 짜증이 난 진운은 그냥 무작정 뛰어가더니 막에 그대로 몸을 부딪쳤다

출렁~

팅~

너무나 허무하게 팅겨난 진운은 그대로 누워버렸다.

"젠장, 나보고 어쩌라고."

결국에 총도 소용없다는 것을 알게 된 진운은 그대로 힘없이 일어서 지프차로 돌아와 잠이 들었다.

하지만 포기한 건 아니었다.

다음 날부터, 나갈 수 있는 곳이 저곳뿐이라는 생각에 진운은 먹고 자고 하는 것 외에는 모조리 북쪽 통로 앞에서 어떻게든 뚫고 들어가려고 별의별 방법을 다 동원했다.

"젠장, 헉헉!"

벌써 오늘만 300번째 팅겨 나와 버린 진운은 거친 숨을 몰아쉬면서 신경질적으로 통로를 노려보았다.

"젠장!! 좀 들어가자!!"

며칠째 통로와 씨름하다 폭발해 버린 진운은 무작정 달려들더니 주먹으로 사정없이 두들겨 때렸다

출렁, 출렁, 출렁, 출렁, 출렁.

팅팅팅팅팅!!

퍼걱!!

"쿨럭!"

힘을 가하면 그만큼 튀어나오는 막의 특성상 진운이 주먹을 때려 넣은 곳마다 튀어나오면서 진운의 몸을 때렸다.

하지만 그러거나 말거나 진운은 계속해서 주먹을 휘둘렀
다.

"으아아아아아아!!"

괴성을 지르면서 주먹을 계속 휘두르던 진운은 순간 눈앞
에 무언가 다가온다는 느낌에,

덥석!

움켜잡고는 그냥 당겼다.

"제엔장!!"

마치 지금까지 자신을 막아왔던 막을 잡아 뜯을 기세로 온
힘을 다해 잡아 당겼다.

그러다,

부석.

밟고 있던 무언가가 바스러지는 소리와 함께 진운의 발이
미끄러졌다.

훌렁~!

중심을 잃은 진운은 그대로 몸이 빨려들 듯 잡고 있던 막에
이끌려 버렸다.

"젠장!!"

그동안 수천 번이나 막에 튕긴 경험이 있는 진운이기에 거
의 본능적으로 눈을 감고 몸을 웅크렸다.

거의 2m 이상 잡아당겼으니 그 반동이 결코 적지 않을 것

이니 말이다.

출렁~

꾸룩꾸룩.

훌렁.

털썩.

"……"

진운은 강하게 튕겨 나갈 것을 생각하고 준비하고 있다가, 무언가 몸을 쓸고 지나가는 것 같은 느낌이 들더니 너무나 사뿐하게 몸이 바닥에 닿은 것 같아서 감고 있던 눈을 살며시 떴다.

"헉!! 들… 어왔다."

놀랍게도 진운은 그동안 그렇게 막혀서 들어오지 못했던 북쪽 통로 안에 들어와 있는 것이다.

"이게 어떻게 된 거지?"

진운은 자신이 들어왔다는 희열과 함께 방금 자기가 뭘 해서 들어왔는지 곰곰이 생각하다가,

짝!!

"그렇구나!!"

지금까지 자신은 들어가려고 밀어내기만 했다는 것을 기억해 냈다.

그리고 이번에 처음으로 밀어내는 게 아니라 잡아당겼다

는 것을 알아채고는, 일어서서 다시 막으로 다가가 주먹을 힘껏 쥐고 후려쳤다.

출렁!!

텅!!

"역시……."

주먹을 후려친 만큼 팅겨져 나오는 막의 모습에 이번에는 반대로 천천히 손바닥을 막에 가져다 대고는 움켜잡았다.

덥석!

보이지는 않지만 손안에 가득 물컹한 것이 잡히는 느낌이 들자 진운은 생각할 것도 없이 잡아당기기 시작했다.

"웃샤!"

마치 쥐어뜯기라도 할 듯 막을 힘껏 잡아당기다가 그만 다리에 힘이 풀려 버렸다.

출렁~

꾸룩꾸룩.

훌렁.

"하… 하… 하하하하… 하하하……."

이번에는 눈을 뜨고 자신이 막을 뚫고 나오는 모습을 모두 지켜본 진운은 다시 북쪽 통로가 보이는 밖으로 나오자 갑자기 웃음이 터져 나왔다.

한참을 웃던 그는 벌떡 일어서더니 곧장 지프차로 갔다.

그리고 랜턴과 권총, 물과 약간의 식량을 챙긴 뒤 다시 북쪽 통로 안으로 들어왔다.

"바보 같구만."

그냥 잡아당기면 오히려 그 탄력에 의해 안으로 빨려들어온다는 것을 지금까지 모르고 무조건 힘으로 밀어내려고 했던 자신이 얼마나 바보 같았는지 한숨이 나올 지경이다.

하지만 언제까지 그런 일에 풀죽어 있을 수는 없다.

"그래, 어디 한번 보자고. 이렇게까지 꽁꽁 숨겨둔 것이 뭔지 말이야."

이상한 막까지 쳐 놓고 사람이 들어오는 것을 막았다면 뭔가 있는 게 확실하다는 느낌에 진운은 힘차게 랜턴의 스위치를 켰다.

딸각.

"어라?"

랜턴에 불이 들어오지 않았다.

"젠장, 충전한 걸 다 썼군."

진운은 힘차게 출발하려던 걸음을 멈추고 랜턴의 손잡이를 돌려서 배터리를 먼저 충전해야만 했다.

거의 30분가량 손잡이를 열심히 돌린 결과 다시 랜턴이 빛을 뿜어냈다.

"이제 정말 간다."

출구가 있을지도 모른다는 생각보다 도대체 뭐가 있기에 저런 이상한 막까지 쳐서 자신을 막아왔는지 그게 더 알고 싶었다.

지금까지 자신을 막아왔던 투명한 막이 도대체 뭔지는 더 이상 진운에게 중요하지 않았다. 안에 무엇이 있는지가 더 중요했다.

저 막에 막혀서 며칠 동안 개고생을 한 것 때문에라도 꼭 뭔지 알고 싶은 마음뿐이었다.

＊　　　＊　　　＊

"석문인가?"

30분 정도 걸어서 북쪽 통로 끝에 다다른 진운은 자신의 앞을 막고 있는 커다란 석문에 멈춰 서야만 했다.

하지만 막다른 길이라는 실망감보다 지금까지와 전혀 다른 모습의 벽이 나타났기에, 그것을 열심히 살폈다.

벽돌로 지어진 통로와 달리 지금 막아선 석문은 커다란 바위를 통째로 깎아 만든 듯 이음새 하나 없었다.

손으로 만져 봤지만 거칠고 차가운 돌의 느낌뿐이다.

"......"

잠깐 생각하던 진운은 슬쩍 권총을 꺼내 들더니 석문을 향

해 겨냥하고는 방아쇠를 당겼다

탕!

팅!!

"쳇, 안 되는 건가?"

혹시나 운이 좋다면 총알 한 방으로 바위가 부서지는 기적 같은 일을 바라긴 했지만 현실은 총알이 팅겨져 나올 뿐이었다.

딸각.

권총으로는 어떻게 해볼 수 없다는 것을 다시 한 번 깨닫고 진운은 랜턴으로 석문을 비추면서 살피기 시작했다.

보기에는 제법 오래되어 보이는 석문이었지만 별달리 특이한 것은 없었다.

아니, 단 하나만 빼고 말이다.

"이거… 나무인가?"

석문 중앙에 조그마하게 양각되어 있는 문양을 자세히 본 진운은 가장 먼저 떠오른 것이 있었다.

나무.

기둥이 되는 것과 양쪽으로 일곱 개의 나뭇잎 같은 것이 새겨져 있었으니 누가 봐도 나무로 보였다.

스르륵.

무심결에 나무 문양을 손가락으로 쓰다듬으려고 손을 뻗

으려는데, 순간 뒤에서 기척이 느껴졌다. 진운의 고개가 세차게 돌아갔다.

"개?"

그의 뒤에 자신이 부러진 앞발을 치료해 줬던 개가 서 있는 게 아닌가?

그것도 부러진 다리에 붕대를 감고 서 있는데, 정말 부러진 다리로 서 있는 게 맞는지 의심스러울 만큼 똑바르고 강인하게 서 있었다.

"어떻게 들어왔지?"

진운은 개가 어떻게 들어왔는지 잠시 생각하다가 곧 머릿속에서 지워 버렸다.

처음부터 개가 북쪽 통로를 통해 나온 게 아니냐는 생각을 했기에 어쩌면 자신과 달리 개는 출입하는 방법도 알고 있을지도 모를 일이었다.

다만 한 가지 걸리는 게 있다면, 지금 서 있는 저 개의 눈동자가 처음 보았던 맑은 눈동자가 아니라 멍하니 동공이 풀려 있어서 조금 꺼림칙했다.

그래도 깊게 생각하진 않았다.

"거기 있어봐라. 난 이것 좀 봐야겠다. 어쩌면 이게 살아 나갈 수 있는 출구일지도 모르니까."

진운은 이미 치료할 때 자신을 적대하지 않은 것을 봤기에 개에게서 시선을 돌려 다시 석문으로 시선을 옮긴 다음 문을 향해 손을 슬쩍 뻗었다.

캉!!

"……!!"

거의 석문에 손이 닿을 무렵일까, 갑자기 뒤에서 개 짖는 소리에 화들짝 놀라 뒤돌아보니,

크르르룽, 크르르룽.

"……."

갑자기 돌변해서 진운을 향해 무섭게 노려보더니 낮게 으르렁거리는 게 아닌가?

"젠장."

진운도 갑자기 돌변한 개의 모습에 주머니에 있던 권총을 슬그머니 꺼내 안전장치를 풀었다.

끼릭!

이미 아까 한 번 쐈을 때 총알은 장전되어 있는 상태였기에 손가락으로 노리쇠만 잡아당겨 걸었다.

철컥!

크르르르르륵, 크르르르르륵.

진운이 권총을 꺼내자 더욱 강하게 으르렁거리던 녀석이 머리를 숙이면서 몸을 살짝 낮추기 시작했다.

개과 동물은 공격하기 전에 몸을 살짝 낮추는 준비 동작이

꼭 필요했다.

숙이는 만큼 도약력과 탄력을 얻기 때문이다.

하지만 앞다리가 양쪽 다 부러진 녀석이 설마 달려들 것이라고 생각하지 못한 진운은,

캉!!

외마디 고함 소리와 함께 검은 것이 훌쩍 자신의 앞으로 날아오는 것에 놀란 나머지,

탕!!

순간적으로 권총을 들어 방아쇠를 당겼다.

털썩!

"빌어먹을!!"

욕지거리부터 튀어나왔다.

물론 자신이 총을 쐈다. 하지만 스스로 치료도 해주고 식량까지 나눠준 개가 설마 다친 다리도 무시하고 공격할 줄은 몰랐기에, 기분이 더러워졌다.

만약에 저 개가 정말 죽어버린다면 더욱 기분 더러울 것 같은 느낌이 방아쇠를 당기는 순간 들었으니 말이다.

부스럭.

"……!"

총에 정확하게 맞았는지 튕겨져 나가떨어진 녀석이 힘겹게 다시 일어서는 모습에 진운은 잠깐 안도의 한숨을 쉬었다

가 곧바로 권총을 다시 들었다.

죽으면 기분이 더러울 것 같고, 죽지 않았기에 당연히 다시 자신에게 달려들 것이 분명한 상황인지라 우선 권총부터 들어 개를 겨눴다.

개보다 우선 자신이 살아야 했으니 말이다.

부스럭부스럭.

천천히 몸을 일으킨 개는 다시 일어서더니 진운을 향해 몸을 돌렸다.

“……!”

그런데 몸을 돌린 개의 모습을 본 진운은 숨이 멎는 줄 알았다.

정확하게 총알이 머리를 관통한 듯 이마에 구멍이 뚫려 있다.

하지만 어째서인지 약간의 피만 흘릴 뿐 멀쩡하게 서 있는 것이다.

“미친…….말도 안 돼.”

머리가 뚫릴 만큼 총을 맞았는데 멀쩡하게 서 있는 모습에 진운은 자신도 모르게 권총을 쥔 손에 힘이 들어갔다.

저벅저벅.

개는 다친 다리로 멀쩡하게 걸어서 천천히 다가오기 시작했다.

풀럭.

움직여서일까?

관절에 매어놓은 붕대가 힘없이 풀어지더니 바닥으로 떨어졌는데 완전히 반대로 꺾여 있던 다리가 너무나 멀쩡했다.

그렇게 천천히 다가온 개는 정확하게 조금 전 자신이 서 있던 곳으로 오더니 멈춰 섰고, 그 후로 진운을 그대로 바라보기만 했다.

"뭐야? 안 덤벼?"

금방이라도 아까처럼 달려들까 봐 잔뜩 긴장하고 있던 진운은 자신을 멍한 눈동자로 바라보면서도 꿈쩍도 하지 않는 개의 모습에 혹시나 방심하면 달려들지도 모른다고 생각해 천천히 움직였다.

스르륵스르륵.

미끄러지듯 천천히 옆으로 움직인 진운의 시선이 개에게 고정된 것은 당연했다.

"안… 움직이네?"

방금 전 미친개처럼 달려든 것이 거짓말처럼 개는 구멍이 휑하게 뚫린 머리를 돌려 진운을 바라보기만 할 뿐 전혀 움직이지 않고 있었다.

'뭐야? 왜 안 움직여? 방금 전에는 뭐였지?

더 이상 평범한 동물로 보이지 않는 저 개를 보고 있으면서 나름대로 머리를 굴리기 시작한 진운은 바짝 긴장한 채로 계속 개에게서 시선을 놓지 않았다.

누군가를 계속해서 쳐다보는 것도 사실 힘든 일이다.

하지만 진운은 지금 미친개, 아니, 어쩌면 개가 아닐지도 모르는 녀석과 정면으로 마주 보고 서 있어야 하는 상황에 피로감은 몇 배에 달했다.

싸우기 전에 서로 기 싸움 하면서 노려보는 것도 지치는데 진운은 잠깐 방심하면 물어 뜯겨 그대로 죽을 위험에 놓였으니 오죽하겠는가.

그런데 어찌 된 일인지 개는 움직이지 않았다.

"20분째… 이러고 있네."

권총으로 개를 겨냥하면서 슬쩍 손목시계를 보자 대충 20분째 지금 개와 대치 중이었다.

"어쩌지."

이대로 계속 개와 대치하고 있을 수도 없는 노릇이 아닌가.

그렇다고 마땅한 방법도 생각나지 않는다.

그러다 진운은 주머니에서 조금 전에 챙긴 건식 식량을 꺼내었다.

훌쩍!

턱~

건식 식량을 꺼낸 진운은 생각할 것도 없이 개를 향해 던졌다.

　진운의 손을 벗어난 건식 식량은 그대로 개의 머리에 정확하게 맞아버렸다. 그런데 어찌 된 일인지 개는 꿈쩍도 하지 않는다.

　거기다 개의 멍한 눈동자가 너무나 선명하게 진운의 눈에 보였다.

　'죽은 건가?

　사실 머리에 바람구멍이 나고도 살아 있다는 게 말이 안 되는 것이기에 진운은 다시 주머니에서 생수를 꺼내 조금 전과 달리 노골적으로 개의 머리를 향해 던졌다.

　퍽!!

　바싹 말라서 무게가 거의 없는 건식 식량과 달리 생수는 들어 있는 물의 양만큼 무게가 있으니 부딪치는 소리부터 달랐다.

　하지만,

　"꿈쩍도 안 하네."

　눈동자 하나 깜빡거리지 않고 똑바로 진운을 바라보고 있는 것이다.

　도무지 죽었는지 살았는지 감이 잡히지 않자 결국 진운이 움직이기로 했다.

　스르륵스르륵.

천천히 미끄러지듯 발을 옮겨서 옆으로 움직이자 지금까지 가만히 있던 개의 머리가 움직이기 시작했다.

"……"

정확하게 조금 전 개가 자신에게 달려들었던 곳에 오자 고개만 돌린 개는 진운을 똑바로 바라보고 있었다.

'젠장, 저거 죽은 거야, 산 거야? 진짜 감당 안 되네.'

도무지 개가 어떻게 된 건지 감이 잡히지 않자 결국 진운이 슬쩍 뒤로 물러나면서 석문에 가까이 다가가자,

저벅.

꿈쩍도 안 하던 개가 움직였다.

'설마?'

진운은 순간 머릿속을 스치는 생각에 천천히 석문에서 떨어졌다.

그러자 놀랍게도 개는 살짝 내밀었던 앞발을 다시 제자리로 가져다 놓는 게 아닌가?

혹시나 해서 석문에 가까이 가자 조금 전과 같이 앞발을 앞으로 내밀면서 금방이라도 뛰어들 것처럼 몸을 낮췄다.

'개가… 지키는 건가?'

누가 봐도 진운이 석문에 가까이 다가가는 것을 극도로 꺼린다는 것을 알 수 있는 행동이었다.

조금 전 개가 달려들었을 때를 생각해 보니, 그때도 진운은

석문에 손가락을 가져다 댔었다.

'확인해 봐야겠지?'

진운이 생각한 것이 맞다면 석문에 손을 대는 순간 다시 개는 달려들 것이다.

주르륵.

확실히 알기 위해 진운이 석문에 손을 가져다 댔다.

'어라?'

그런데 개가 움직이지 않고 가만히 있었다.

"도대체 뭐야?"

죽일 듯 달려들 때는 언제고 지금은 가만히 있으니 영문을 알 수 없는 상황에 결국 진운은 석문을 만지면서 천천히 이동했다.

크르르릉!!

"……!"

거의 석문의 중앙에 다다랐을 무렵 또다시 개에게서 반응이 왔다.

그리고 슬쩍 자신의 손이 있는 곳을 바라보니 조금 전 나무 모양이 새겨진 문양 부근이다.

'설마… 석문이 아니라 저거?'

도무지 이유는 모르지만 현재 이곳에서 유일하게 나갈 수 있는 출구로 보이는 곳은 이 석문뿐이다.

그러니 개가 아무리 위협을 해도 진운은 그만둘 수가 없었
다.

차라리 기분이 더럽더라도 다시 달려들면 개를 죽여야 할
지도 몰랐다.

아직 권총에는 총알이 열 발 넘게 남아 있기에 잠깐 개를
노려보던 진운은 다짐을 하고 손을 움직여 나무 문양에 가져
다 대자,

캉!!

"젠장!!"

탕탕탕!!

역시나 예상대로 개가 그대로 다시 달려들었다.

하지만 이번에는 엉겁결에 쏜 처음과 달리 노리고 세 발을
쏴버렸다.

스팟!!

그런데 개도 바보가 아니었는지 뛰어들던 그 모습이 순간
시야에서 사라졌다.

"어디?!"

한순간 개를 놓쳤다는 생각에 주변을 살핀 진운의 눈앞에
검은 무언가가 스치듯 지나갔다.

스격.

"크악!"

뭔지 잘 몰랐다. 검은 것이 스쳤다는 것밖에 말이다.

하지만 검은 그림자가 스치고 지나간 뒤에 진운의 눈앞에 보인 것은 권총을 들고 있는 자신의 손이었다.

그리고 뒤이어 엄청난 고통이 온몸을 점령했다.

그런데 검은 그림자는 이게 마지막이 아니었다.

스걱!

또다시 고기가 썰리는 듯한 거슬리는 소리가 들리더니 이번에는 진운의 눈앞에 어디선가 많이 본 팔이 허공을 날고 있다.

손이 없이 팔뚝과 어깨까지 이어진 팔 말이다.

'뭐야? 어떻게 된 거야? 도대체!!'

지금의 상황을 파악하기도 전에 진운의 오른손이 잘려 허공을 날다 바닥에 떨어져 내렸다.

어떻게 된 것인지 알 수가 없었다.

진운은 지금 눈앞에 보이는 저 권총을 쥐고 있는 손과 그 옆에 떨어진 팔이 자기 것이라는 것을 인식하는 데 약간의 시간이 필요했다. 그만큼 충격이 심했다는 말이다.

'검은 그림자!'

하지만 또다시 검은 그림자가 진운의 눈에 보였다.

마치 쏘아지는 화살처럼 앞으로 달려들더니 갑자기 또 사라져 버린 그림자.

스걱!!

그림자가 사라지고 나서 여지없이 들리는 고기 써는 소리와 함께 진운의 몸이 기울기 시작했다.

'아닐 거야. 설마… 아닐 거야.'

갑자기 쓰러져 버린 진운의 눈앞에 보인 것은 자신의 다리였다.

잘린 오른팔과 같은 오른쪽 다리가 허벅지 부분까지 깨끗하게 잘려 나간 것이다.

아프다? 그런 고통은 느껴지지 않았다.

지금 눈앞에 보이는 게 과연 현실인지 사실인지조차도 믿어지지 않고 있으니 말이다.

하지만 진운이 이런 현실을 생각할 여유조차 없었다.

스팟!!

사라졌던 검은 그림자가 다시 나타나더니 이번에는 정확하게 진운의 머리를 향해 다가오고 있었다.

'죽은 건가. 죽는 거구나.'

팔과 다리가 잘릴 때만 해도 진운은 현실 같지 않은 지금의 상황에 멍했다.

하지만 똑바로 자신을 향해 날아오는 검은 그림자를 보고는 단 한 가지만 머릿속에 떠올랐다.

죽음.

인간이라면 누구나 공평하게 겪게 되는 죽음.

그런데,

씨익.

검은 그림자가 바로 코앞까지 다가와 있는 상황에 진운은 미소를 지었다.

진운 스스로도 자신이 웃고 있는지조차 느끼지 못할 만큼 의도하지 않았고, 그저 죽음이라는 것을 느끼게 되자 괴상하게도 미소가 지어진 것이다.

—론!

멈칫!

진운의 코앞에 검은 그림자가 거의 닿기 직전 들린 목소리로, 검은 그림자가 그 자리에 멈춰 섰다.

크르르릉, 크르르릉.

'개……'

진운은 검은 그림자가 멈추고 나서야 지금까지 자신의 팔과 다리를 자른 것이 개라는 것을 알았다.

'젠장, 개가… 저 정도면… 일개 사단도 쓸어버리겠다.'

개가 공격을 멈췄기 때문인지 피를 너무 흘려서인지 모르지만 진운은 그대로 입가에 미소를 머금은 채 조용히 눈을 감았다.

Chapter 04
여긴 어디?

<u>드르르르륵.</u>

진운이 눈을 감으면서 기절하는 순간과 동시에 도저히 열릴 것 같지 않던 석문이 열렸다.

열린 석문에서는 찰랑거리는 금발과 함께 커다란 눈동자가 인상적인 미녀가 천천히 걸어나왔다.

팔다리가 잘린 채 바닥을 흥건히 적셔 버릴 만큼 피를 흘려 기절한 진운의 곁으로 그녀가 다가왔다.

—마지막에… 그대의 미소가 살렸군요.

마치 진운이 마지막 순간 미소를 짓지 않았다면 죽었을 거

라는 듯 말한 여자는 피가 흘러나오는 진운의 어깨와 다리 쪽
에 손을 슬쩍 가져다 댔다.

—힐링.

스팟!!

그녀의 입에서 나직하게 한마디가 나오자 그녀의 손바닥
에 작은 원이 나타나더니, 그 원 안에 오망성이 그려지면서
특이한 글자인지 도형인지 모를 것이 나타났다.

<u>츠츠츠츠</u>.

손바닥에 원이 그려진다는 것도 신기하지만 그보다 놀라
운 것은 그녀의 손이 스치고 지나간 자리에 피가 멈춘 것이
다.

그리고 저절로 새살이 돋아나더니 스스로 치유를 시작했
다.

—론, 그의 팔과 다리를 가져오너라.

그녀가 개를 향해 론이라고 칭하며 명령을 내리자. 개는 말
을 알아듣는 듯 자신이 잘랐던 진운의 손과 팔, 그리고 다리
를 물고 원래의 위치에 가져다 놓았다.

—자연의 마나의 힘을 빌려 그대의 힘을 치유하노라.

그녀의 입에서 주문과 같은 말이 흘러나오더니 진운이 기
절해 쓰러져 있는 바닥에 선명하게 오망성이 그려졌다.

—리커버리!

꾸룩, 꾸룩, 툭, 툭.

그녀의 말이 끝나는 것과 동시에 잘려진 진운의 다리가 마치 살아 있는 듯 움직여 붙어버렸고, 팔과 손도 마찬가지였다.

거의 몇 초 만에, 잘린 진운의 팔과 다리가 멀쩡하게 다시 붙어버린 것이다.

─론, 그를 데리고 들어오너라.

그녀는 그렇게 진운을 치료하고는 천천히 걸어서 석문 안으로 들어가 버렸다.

부스럭.

론이라 불린 개는 그녀가 석문 안으로 들어가는 것을 지켜보다가 진운의 곁으로 다가와 진운의 뒷목 쪽의 옷을 덥석 물었다.

질질질.

마치 짐짝을 옮기듯 끌고 석문 안으로 그를 끌고 들어갔다.

드르르르륵.

론이 진운을 끌고 안으로 들어가자 석문은 천천히 닫혀 버렸다.

언제 열렸냐는 듯 완벽하게 처음 그 모습 그대로 돌아갔다.

*　　　*　　　*

캉!! 캉캉!!

"크윽!!"

휙!!

빛이 잔상을 남기며 커다란 검이 목을 스치는 것을 가까스로 피해낸 진운은 너무 뒤로 피하는 바람에 균형이 무너져 버렸다.

"젠장!!"

당장 눈앞에 다시 칼날이 목을 향해 찔러들어 오는 모습을 본 진운은 생각할 것도 없이 그대로 균형을 잃고 넘어지는 쪽에 몸을 실었다.

터터턱, 데구루루.

정말 볼썽사납긴 하지만,

캉!!

진운이 임기응변으로 빠르게 넘어지면서 굴렀으니 망정이지 아니면 칼날에 목이 베었을 것이다.

방금 진운이 넘어지려고 했던 곳에 불꽃까지 일으키면서 검이 강하게 찔러 들어왔다 나갔다.

"젠장, 이게 도대체 뭐냐고!!"

이왕 구르는 김에 몇 바퀴 더 굴러 멀찌감치 물러서 일어난 진운은 너무나 낯선 검을 들고 지금까지 공격했던 상대를 바라봤다.

"대체 왜 나를 죽이려는 거야, 이 자식아!!"

아무 이유도 없었다.

진운이 눈을 뜨고 정신을 차리자마자 어둠 속에서 갑작스럽게 검이 튀어나오더니 진운의 목을 집요하게 노리고 찔러 들어 왔던 것이다.

거의 바닥을 구르다시피 피한 게 몇 번인지 기억도 나지 않을 만큼 신나게 바닥을 굴렀다.

진운이 특별하게 뭔가 배운 게 있는 것도 아니고, 그 학생 때 싸움도 해본 적이 없다.

나름 유복하게 자라면서도 공부를 제법 해서 명문으로 알아주는 곳만 다니다 보니 그 흔한 학교 폭력도 남의 일이었다.

그런데 그런 진운의 눈앞에 갑자기 커다란 검이 찔러 들어오니 본능적으로 살기 위해 바닥을 구르고, 뛰고, 그것도 모자라 미친 듯이 엎드리기까지 해서 어떻게든 살아남았다.

'젠장! 저 자식, 도대체 뭐야!'

입술이 터지고 구르면서 혀를 깨물었는지 진운의 입안은 피투성이고 비릿한 향이 코끝을 자극했다.

생각해 보라. 정신을 잃었다가 깨어나 멍한 상태에서 갑자기 검이 날아와 목을 찌르려고 한다면 어떻겠는가?

거기다 완전 무방비 상태에서 기습 공격까지 당한 진운은 거의 10분 동안 미친 듯이 구르기만 했지 뭘 어떻게 해야겠다는 생각이나 계획 같은 것은 전혀 없었다.

그러다 지금에서야 겨우 상대의 얼굴을 봤다.

"야!! 너 뭔데 날 죽이려 해?! 이유라도 알자고!!"

"……."

진운은 눈에 핏발까지 세워가며 악을 썼지만 상대는 무표정한 모습으로 다문 입을 열 줄을 몰랐다.

"젠장!!"

갑자기 생사가 오가는 칼부림이라니, 정말 미치고 환장할 노릇이다.

'젠장! 또 온다!'

휙!

캉!!

"크윽!!"

크게 옆으로 베어오는 상대의 검을 얼떨결에 자신이 잡고 있는 검을 들어 막았다.

하지만 검을 막는 순간 손목이 아려오고 어깨가 시큰한 충격이 진운의 몸을 덮쳤다.

지금 진운이 아직까지 죽지 않은 것은 바닥을 구르다가 우연히 손에 잡히는 대로 집어 든 검이 있었기 때문이다. 덕분에 그나마 아직 명줄이 붙어 있다.

뭐 그래 봐야 공격을 막기만 할 뿐이지만 말이다.

캉캉캉!! 캉캉캉!!

상대는 한 손으로 마음껏 검을 휘둘렀고, 진운은 그걸 막는 것만으로 정신이 없었다.

사방에 불꽃이 튀고 당장에라도 손가락에 마비가 올 만큼 아려왔지만 결코 검을 놓쳐서는 안 된다.

아니, 이성을 떠나 본능도 죽기 싫으면 검을 놓아서는 안 된다고 끝없이 진운의 마음속에서 외치고 있었다.

"헉헉… 헉헉… 헉헉……."

벌써 몇 번이나 막았는지 기억조차 희미해질 무렵 진운의 머릿속엔 한 가지 생각으로 가득했다.

'이대로는 죽는다!'

확실히 이대로는 결국 죽는 건 진운 자신이 분명해 보였다.

그와 동시에 살고 싶다는 생각이 피어올랐다.

군사기지에서도 살려고 그렇게 발버둥 쳤던 자신이 이렇게 여기서 누군지도 모르는 녀석의 칼을 맞고 죽는다는 것은 도저히 납득이 가지 않았다.

화가 났다.

왜 자신이 이런 꼴을 당해야 하는지 정말 화가 났다.

죽고 싶지 않다고 생각하면서도 아무것도 할 수 없는 자신에 더욱 화가 났다.

"젠장!!"

캉!!

흠칫!!

지금까지 무조건 막기만 하던 진운이 처음으로 상대의 검을 막지 않고 힘으로 쳐 내자 갑작스런 진운의 변화에 놀랐는지 쏟아지던 공격이 잠깐 멈췄다.

'멈췄다!'

진운도 상대가 멈칫거리는 것을 보고 자신이 뭔가 했다는 것을 깨달았지만, 막상 공격이 멈추긴 했는데 이후에 뭘 해야 되는지 막막하기만 하다.

그때 진운의 귓가에,

─삼 보 앞으로 내딛고 오른쪽으로 어깨를 틀어 수평으로 검을 휘둘러.

'……?'

여자의 목소리다.

지금 상대의 외모는 누가 봐도 남자였으니 절대로 상대가 한 말은 아닐 것이다.

그런데 더 신기한 것은 여자의 말을 듣자마자 진운의 몸이 움직였다는 것이다.

마치 물 흐르듯 부드러우면서도 막힘없이, 검을 휘두르기 위해 높이 치켜든 상대의 품으로 걸어 들어갔다.

갑작스런 행동의 변화로 진운이 갑자기 다가오자 상대가
당황했는지 본래 머리 뒤까지 검을 넘겨야 했지만 서둘러 검
을 휘둘렀다.

부웅!!

바람 소리가 진운의 귓가로 선명하게 들렸다.

금방이라도 머리 위로 검이 떨어질 것 같은 순간, 진운이
오른쪽 어깨를 비틀더니 그 움직임을 그대로 연결해서 잡고
있던 검을 휘둘렀다

스걱~

지금까지 진운이 들어본 적이 없는 소리가 귓가에 들렸고,
무언가에 홀린 듯 움직이던 진운의 몸이 검을 휘두르는 것으
로 멈춰 버렸다.

푸아악!!

털썩.

진운의 검이 상대의 허리를 베고 지나간 뒤 힘없이 무릎을
꿇은 상대는 그대로 바닥에 쓰러져 버렸고 그 후로 미동조차
하지 않았다.

"헉… 헉헉… 헉헉헉!!"

뭐가 어떻게 된 건지 정신을 차릴 수 없던 진운은 그제야
들고 있던 검의 손잡이를 놓았다.

챙그랑!!

그리고 천천히 몸을 돌려 쓰러진 상대를 향해 다가가 건드려 보았다.

미동조차 없는 상대의 반응, 그리고 상대의 몸에서 배어 나오는 붉은색 피와 함께 비릿하게 진운의 코를 자극하는 혈향에 결국 진운은 그대로 뒤돌아서서 구역질을 시작했다.

"쿠엑! 쿠엑! 쿨럭! 쿨럭! 쿨럭!"

부들부들.

구역질을 하면서도 떨고 있는 자신의 손을 바라보며, 도대체 방금 자신이 어떻게 움직였는지조차 전혀 인식하지 못했다는 것에 더욱 충격을 받았다.

크르르르!

"……!!"

떨리는 손을 애써 부여잡고 진정하려고 노력하는 진운의 귓가에 들리는 너무나 익숙한 소리. 진운이 초췌한 눈빛으로 고개를 돌렸다.

"개……."

너무나 낯익은 개가 진운 앞에 나타난 것이다.

그리고 그런 개 옆에 금발 금안의 미녀가 진운을 내려다보고 있었다.

─살아남았군.

“살아… 남다니… 그게 무슨……?”

진운은 아직도 살인을 했다는 충격에 떨리는 몸을 애써 부여잡으면서 여자를 향해 물었다.

─궁금하겠지? 지금 자신이 왜 이런 일을 당해야 하는지… 왜 사람을 죽여야 하는지 말이야.

끄덕.

진운이 대답 대신 천천히 고개를 끄덕이자,

─따라와. 넌 들을 자격을 얻었으니까.

그리고 냉정하게 진운을 향해 등을 돌렸다.

사실 진운은 지금의 상황이 어떻게 된 것인지 궁금한 것보다 오로지 저 여자를 따라가야만 살아남을 것 같다는 생각이 먼저 들었다.

떨리는 몸을 애써 추스르면서 진운은 조금씩 멀어지는 여자를 따라가기 위해 일어섰다.

그리고 천천히 걸었다.

힐끗.

그러다 슬쩍 자신이 죽인 남자를 쳐다봤다.

개가 남자의 팔을 물고 끌고 가고 있었다.

질질질.

바닥에 흔적이 고스란히 남았다. 선명한 핏자국과 피비린내를 인식하는 순간 다시 손이 떨려온 진운은 애써 고개를 돌렸다.

그리고 터져 버린 입안에 고여 있던 피를 뱉어냈다.

퉤!

탁!

가만히 있는 사람을 죽인 것도 아니고 자신을 죽이려고 하던 사람을 죽였기에 죄책감은 없었다.

하지만 방금 검을 통해 사람을 벨 때 느낀 그 느낌이 너무나 싫었다.

진운은 앞서 걸어가는 여자를 매섭게 노려봤다.

누군지 모르지만 그녀를 따라가면 최소한 자신이 왜 이런 꼴을 당해야 하는지 이유만큼은 들을 수 있을 것 같았다.

"같이 싸워달라는 말이군요."

진운이 그녀를 따라 도착한 커다란 홀에서 설명을 듣고 가장 처음 한 말이다.

—그래. 그게 너도 살고 나도 사는 길이니까.

"왜 그래야 하죠?"

—단순하군.

진운이 반발하자 그녀는 가소롭다는 듯 진운을 가만히 바라보다가,

—정진운, 넌 지금 네가 겪은 모든 것이 상식적인 범위에서

가능한 일이라고 생각하는 건가?

"……."

진운은 발끈하는 마음에 반항했지만 그녀의 말에 말문이 막혀 버렸다.

이상한 막에 막혀 있는 통로부터 그림자로 변한 개의 공격과 깨어나니 다짜고짜 자신을 죽이려고 하는 이상한 녀석, 상식적인 범위에서 그 어떤 것도 통용되지 않는 것은 사실이다.

―우선 이것은 알아둬. 여긴 죽느냐 사느냐의 선택만 존재하는 곳이야. 그리고 넌 그 선택의 기로에서 우선 살아남는 것을 선택했고.

"제가 납득할 수 있는 설명을 부탁드립니다."

진운은 최소한 자신이 이해할 만한 설명을 부탁했다.

지금 상태로는 오히려 진운이 미쳐 버릴 것 같았으니 말이다.

그러자 그녀도 진운을 보면서 한숨을 쉬더니,

―좋아, 나도 네가 필요하고 너도 내가 필요하니 서로 알 건 알아야겠지.

그리고 그녀의 설명이 시작되었다.

그녀의 이름은 레이나, 정확하게 풀 네임은 폴 드레그 란 포인 레이나라고 했다.

하지만 그걸 진운이 어떻게 외운단 말인가?

당연히 그냥 레이나라고 부르라는 그녀의 말에 고개를 끄덕였다.

그리고 시작된 레이나의 말은 충격을 넘어서는 것이었다.

"…그러니까 지금 제가 있는 곳이… 바벨의 탑이라고 하는 곳이고, 그곳의 첫 번째 관문을 통과한 전 살아서 나가고 싶으면 남은 방을 모두 통과하라는 말인가요?"

—빙고!

설명이야 거의 한 시간가량으로 길었지만 요약하자면 이랬다.

지금 진운이 있는 곳은 전설에나 나오는 바벨이라는 이름을 가진 탑의 내부였다.

그리고 어찌 된 건지 바벨탑의 내부로 들어온 이상 마지막까지 살아남아 탑 꼭대기에 오르지 않는 이상 죽어서도 빠져나가지 못한다는 것이다.

사실 이 말을 듣고 진운은 헛웃음을 한번 내뱉고는 머리를 흔들었다.

세상에 무슨 만화나 소설도 아니고 이게 가능한 일인가? 바벨탑에 들어와 있다니 말이다.

그리고 지금 눈앞에 있는 레이나는 이곳이 바벨탑이라는 것에 전혀 의심조차 하지 않고 있었다.

"그걸 제가 믿을 거라고 생각합니까?"

─물론 당장은 아니지.

진운이 믿지 않을 것이라는 것을 알고 있으면서도 레이나는 오히려 무표정한 모습으로 진운을 물끄러미 바라보더니,

─믿고 믿지 않고의 문제가 아니란 것은 너도 이제 깨달았을 텐데?

불끈.

진운은 레이나의 말을 듣고 자신도 모르게 손아귀에 힘이 들어갔다.

사실 틀린 말도 아니다.

바벨의 탑이라고 말하는 레이나의 말이 거짓이든 진실이든 그건 나중의 문제였다.

당장 진운이 살아남아야 한다는 상황은 변한 게 없으니 말이다.

물론 레이나처럼 초절정의 미녀와 단둘이 있게 되었다는 것에 정말 남자로서는 행운이라고 소리치는 녀석도 있을 것이다.

하지만 진운은 그런 생각을 하기에는 죽을 고비를 넘기며 지쳐 있었기에 레이나가 미녀라는 것은 이미 머릿속에 존재하지도 않았다.

적, 아니면 아군, 그리고 같이 살아남아야 할 동료일지, 아니면 나중에 자신만 버려져 죽게 될지 전혀 알 수 없으니 말

이다.

한마디로 진운의 입장에서는 갑자기 나타난 레이나를 절대로 믿을 수 없었다.

거기다 자신의 손과 팔, 그리고 다리를 잘랐던 론이라고 불리는 개를 옆에 두고 마음대로 부리는 것을 본 이상 거부감이 드는 건 당연했다.

그런데 레이나는 그런 진운의 기분 같은 것은 전혀 아랑곳없는 듯했다.

—사느냐, 죽느냐… 넌 어떤 것을 선택할 거지?

레이나는 진운에게 빠져나갈 수 없는 선택을 물었다.

그리고 대답은 이미 레이나가 물어보기 전부터 정해져 있었다.

"죽고 싶어하는 사람은… 없을 겁니다. 그리고 저도 마찬가지구요."

—좋아, 그래야 나도 살린 보람이 있지.

"……?"

순간 진운이 레이나의 말에 똑바로 바라보자,

—왜? 이상해? 팔다리가 잘리고 출혈 과다로 이미 심장은 멈춰가고 있던 상황에 지금 이렇게 멀쩡한 게 꿈이라고 생각되나?

"그렇진 않아요. 다만……."

진운은 애써 생각하지 않으려고 했던 것뿐이다.

그 누구도 자신이 죽을 뻔한 경험이 좋을 리 없으니 말이다.

—내가 필요해서 널 살렸지. 그리고 너도 내가 필요하고. 안 그래?

"…네."

진운은 내키지는 않지만 대답했다.

현실은 그만큼 진운에게 불리했으니 말이다.

—자, 그럼 우선 한 가지 내가 알고 싶은 게 있는데 말이야.

레이나는 진운을 향해 슬쩍 가까이 다가오더니 입가에 미소를 띠었다.

—그 순간 왜 웃었지?

"……?"

진운은 뜬금없는 레이나의 질문에 고개를 갸웃거렸다.

웃다니? 자신은 모래폭풍을 겪고 나서 웃은 적이 있었나?

특히나 레이나를 만나고 나서는 그럴 여유도 없거니와 그럴 상황은 더더욱 아니었다.

그러니 레이나가 왜 웃었냐고 묻자 고개를 갸웃거릴 수밖에 없었다.

—몰랐나?

진운의 눈동자를 가만히 바라보던 레이나는 갑자기 맥이

풀린 듯 한숨을 쉬더니,

　─정말 몰랐나 보군. 그럼 무의식적으로 웃었단 말인가?
말도 안 돼.

　살아 있는 생물이라면 그 어떤 존재를 불구하고 죽는 순간
웃지 않는다.

　아니, 정확하게 말하자면 사지가 절단되고 마지막으로 목
이 잘리기 직전의 상황에서 웃을 수 있는 인간이 있을 리 없
다.

　죽음이란 인간의 가장 깊은 곳에 숨겨져 있는 공포의 본질
이고, 그 어떤 존재도 피해갈 수 없는 운명이니 말이다.

　그런데 진운은 웃었다.

　그리고 그걸 본 레이나가 론의 공격을 막았다.

　죽음을 눈앞에 두고 웃는 인간이라는 것이 레이나의 마음
을 움직였는지 어떤지 모르지만 최소한 자신에게 도움이 될
것이라 판단했기 때문이다.

　그런데 지금 보니 자신이 웃었다는 것조차 진운은 모르고
있는 듯하다.

　─어쩌면…….

　레이나는 진운이 무의식적으로 웃었다는 것이 오히려 흡
족했는지 얼음이 뚝뚝 떨어질 것 같은 표정이 사라졌다.

　─이곳에는 현재 너와 나 단둘뿐이다.

레이나의 말이 아니라도 진운은 이미 단둘뿐이라는 것을 알고 있었다.

특별하다 할 벽이나 어떤 집기도 없는 상황에 고개만 돌리면 홀의 전부가 보였으니 말이다.

—그래서 널 훈련시킬 수 있는 것도 나뿐이지.

"……"

진운은 최소한 말을 아끼면서 아까부터 레이나의 표정과 행동 하나하나를 유심히 살펴보는 중이다.

죽은 아버지가 말하길, 사람의 행동과 표정은 거짓말을 하지 않는다고 했다.

그 어떤 상황이 되든 아니면 아무리 연기를 잘하는 사람이라고 해도 행동에서 그 무언가 어색한 것을 찾을 수 있을 것이라고 말이다.

고아로 자라온 진운의 아버지는 어린 진운에게 친구처럼, 때론 엄한 선생님처럼 대하면서 자신이 겪은 모든 것을 알려주었다.

만약에 자신이 죽는다면 홀로 살아가야 할 세상이 얼마나 무서운 곳인지 알게 하는 것도 있지만 궁극적인 목적은 버텨내고, 그리고 이겨내길 바랐기 때문이다.

그중에서 진운에게 가장 많이 알려준 것이 바로 사람을 상대하는 것이었다.

세상이 아무리 돈이 중요하다고 하지만 결국 그 돈을 쓰는 것도, 버는 것도 모두 사람이기에 진운의 아버지는 진운에게 사람을 보는 눈을 거의 세뇌시키다시피 알려준 것이다.

그리고 그런 교육의 결과가 지금 진운의 모습에서 그대로 드러나고 있었다.

모래폭풍에 휩쓸리고 나서도 진운이 냉정을 유지할 수 있는 것도 모두 아버지의 조기교육 때문이었다.

언제든지 세상에 홀로 남겨질 수 있다는 것을 무의식적으로 가르친 부모 밑에서 컸으니 당연했다.

"레이나… 라고 했죠?"

―그래. 그냥 반말해. 이제부터 서로 등을 맡겨야 하는 사이인데 존칭 따위는 벽을 만드는 장애물에 불과하니까 말이야.

사실 이건 쿨해도 너무나 쿨했다.

남자도 솔직히 저 정도로 쿨하기 힘들었으니 말이다.

특히나 레이나 정도의 미모를 가지고 있는 여자라면 콧대가 한없이 높을 게 당연했고, 진운이 보기에 최소한 레이나는 자신을 버리더라도 '나 이제 널 버릴 거야' 라고 당당하게 말하고 버릴 것 같다는 느낌을 받았다.

최소한 속이거나 뒤에서 다른 꿍꿍이를 부릴 것 같지는 않다는 것이다.

　하지만 진운은 조금이라도 레이나의 생각을 알고 싶은지 일부러 자극하는 듯한 질문을 했다.

"뭘 믿고 제게 등을 맡기려고 하는 거죠?"

―뭘 믿느냐고?

"네."

―내 눈을 믿어.

"……."

너무나 당연하다는 듯 말하는 레이나의 대답에 진운은 갑자기 웃음이 나왔다.

　세상에 자기 눈을 믿고, 생전 처음 보는, 아니, 적대감을 가지고 있을 것 같은 사람에게 등을 맡기겠다는 게 말이 되는가?

　도저히 이해가 가지 않았지만 오히려 그런 레이나의 대답에 진운은 남아 있는 마음의 응어리를 버릴 수가 있었다.

　최소한 개보다는 낫겠다는 생각에 납득해 버린 것이다.

　그리고 살아남아야 복수를 하든 따지든 할 것이고 말이다.

　바벨탑.

　그 끝이 어딘지는 레이나도 모른다고 했다.

　사실 레이나도 자신이 어떻게 이곳에 들어왔는지 모르고 있었다.

　하지만 그 과정은 진운과 너무나 흡사했다.

모든 것을 튕겨내는 투명한 막을 뚫고 들어왔다는 것부터 시작해서, 석문을 열고 들어왔다는 것까지 진운과 완전히 일치했으니 말이다.

그러다가 문득 레이나가 몇 살일까 하는 생각이 들었다.

어처구니없긴 하지만 적이 아니라고 판단하자 웃기게도 레이나의 나이가 궁금한 진운이다.

Chapter 05
이겨내자

펵!!

털썩!!

"쿨럭… 쿨럭! 컥컥컥!!"

—너무 약한데?

비아냥거리는 레이나의 말에 진운은 뭐라고 하고 싶었으나 그럴 수가 없었다. 아픔보다 호흡이 잘 되지 않아 최대한 호흡부터 똑바로 하는 데 집중했다.

하지만 어느 정도 호흡이 돌아올 만하면 여지없이 레이나의 발이 번쩍 들리면서 앉아 있는 진운의 배를 걷어차 버리는 것이다.

“쿨럭!! 컥컥컥!!”

—호흡에 집중해!! 죽기 싫으면 무조건 집중해!!

‘제기랄! 누군 집중하기 싫어서 그러냐!’

라고 소리치고 싶지만 숨 쉬기도 힘든 마당에 말하는 건 불가능했다.

이런 훈련을 시작한 게 5일째이기도 했다.

진운이 레이나를 우선 자신이 살아남기 위한 동료로 받아들이자 레이나는 지금의 진운은 너무나 약해서 등을 맡기기는커녕 짐밖에 되지 않는다는 말과 함께 강하게 만들어준다고 했다.

당연히 진운은 고개를 끄덕였다.

최소한 저번처럼 론에게 허무하게 당하기는 싫었으니 말이다.

그리고 시작된 레이나의 훈련은 훈련이 아니었다.

철컥!

진운이 훈련을 하겠다고 하자 레이나는 진운을 향해 손바닥을 펼쳐 들었다. 그런 그녀의 손바닥에서 푸른빛의 띠가 오망성이 들어간 원을 그렸다.

그 순간 진운은 레이나의 입가에 미소가 번지는 것을 봤다.

—홀드(Hold).

아주 나직한 말이지만 그 말이 끝나자 진운은 자신의 몸이 굳어버린 것을 느꼈다.

마치 온몸에 강철을 입힌 듯 말이다.

"뭐, 뭐하는 거야?!"

―뭐긴, 훈련하려고 준비하는 거지.

"그런데 왜 온몸을 묶는 거야?"

갑작스러운 상황에 진운이 레이나에게 소리쳤지만 들은 척도 하지 않은 레이나는 허공에 손을 뻗더니,

쑤욱!

무언가를 꺼냈다.

한눈에도 강철로 만든 것 같은 것으로, 바닥은 넓은 판으로 되어 있고 판 중앙에 굵은 기둥이 세워져 있다.

레이나는 마법으로 묶어놓았던 진운을 재차 쇠기둥에 묶기 시작했다.

끼이잉!! 끼이이잉!!

도대체가 저 가느다란 팔에서 어떻게 철근을 마음대로 구부리는 힘이 나오는지 믿어지지 않았지만, 정말 잠깐 사이에 진운은 쇠기둥에 목부터 시작해 팔과 다리는 물로 가슴까지 완전히 묶여 버린 것이다.

―좋아! 준비 끝!

"도대체 이게 무슨 준비라는 거야, 레이나?!"

　도무지 무슨 훈련을 하려는 건지조차 설명도 없이 무작정 자신을 쇠기둥에 묶어버린 레이나의 행동 자체가 황당해 진운이 소리쳤다.

　레이나는 그제야 진운에게 천천히 다가오더니,

　―사람이 살아가는 데 가장 중요한 게 뭘까?

　"무슨 소리야? 중요한 게 뭐냐니?"

　―바보로군.

　"이익!!"

　영문 모를 말을 하고 자기 멋대로 결정지어 버리는 레이나의 행동에 화가 난 진운이 뭐라고 하려는 순간,

　픽!!

　레이나의 가녀린 발이 진운의 배에 강하게 꽂혔다.

　"컥!!"

　당연히 갑작스럽게 복부에 엄청난 충격이 가해지자 일순간 진운은 호흡을 할 수가 없었다.

　이렇게 되는 이유는 바로 복부와 횡경막의 밀접한 관계 때문이다. 호흡을 하는 건 폐가 부풀고 줄어들고에 따른 것인데, 그 확장과 수축을 관장하는 것이 횡경막이다.

　횡경막은 폐와 아래쪽 장기들의 움직임을 관장하면서 사람이 호흡할 수 있게 한다. 그 횡경막이 있는 부위가 바로 복부였다.

이 말은 반대로 복부에 강한 충격이 오면 일순간이지만 횡격막이 부담을 받아서 폐에 압박을 가할 수도 있다는 말이다.

흔히 갑자기 배를 맞거나 강한 충격을 받으면 호흡이 멈추는 것도 모두 이런 이유 때문이다.

레이나는 이런 것을 잘 아는지 주저없이 진운의 배를 사정없이 걸어차 버린 것이다.

―호흡을 해!

"끄윽… 끄윽… 커커컥!! 쿨럭! 헉, 헉헉헉……!"

한순간 온몸의 기능이 마비되는 듯한 느낌을 받은 진운은 마치 내장이 튀어나올 것 같은 고통에 레이나를 무섭게 노려봤다.

"왜!! 갑자기 사람을 차는 거야!!"

―의외로 호흡을 빨리 회복하네?

레이나는 대충 1분 정도는 호흡을 고르기 힘들 거라 생각했는데 진운이 20초 만에 다시 호흡을 되찾자 그 모습이 대견한 듯 칭찬하면서,

퍽!!

"쿠엑!!"

방금 전보다 더 강하게 진운의 배를 걸어찼다.

그리고 누가 봐도 미친 훈련이 시작되었다.

인간이 살아가는 데 가장 기본이 되는 것은 바로 호흡이다.

그건 지구에 살아가는 모든 생물에게 공통적으로 적용되는 것이다.

호흡을 느리게 하면 오래 산다는 말이 있다.

하지만 반대로 호흡을 빠르게 하면 그만큼 빨리 죽는다고 한다.

대표적인 장수 동물 중에 바다거북을 보면 한 번 숨을 들이마시면 20분은 거뜬하게 물속에서 활동할 수 있다.

그중에서도 특별한 몇몇 바다거북의 경우 한 번의 호흡으로 다섯 시간까지 물속에서 활동할 수 있는 경우도 있다.

그 말은 호흡으로 얼마든지 인간도 강해질 수가 있고, 수명도 조절이 가능하다는 말도 된다.

물론 결코 쉬운 일이 아닐 것이다.

인간에게 호흡이란 본능이다. 살아가기 위한, 생명을 유지하기 위한 필수적인 본능 말이다.

물이 없이는 7일을 살고, 음식이 없이는 최대 30일까지도 살아가는 게 인간이다.

하지만 호흡을 하지 못한다면? 길어봐야 2분 이내에 무조건 죽는다.

그만큼 호흡은 인간의 본능 중에서도 가장 조절하기 힘들다는 말이다.

그 예로 인간은 스스로 호흡을 멈춰서 자살하는 게 불가능하다고 한다.

그건 어떤 상황에 이르면 이성으로 아무리 숨을 멈추고 싶어도 살고자 하는 본능이 튀어나오기 때문이다.

자살하는 사람 대부분이 자신이 죽는 마지막 순간에 공통적으로 하는 행동이 있다고 한다.

그건 바로 살기 위한 몸부림이다.

물에 뛰어들어 자살하는 사람은 자신도 모르게 헤엄을 친다고 한다.

목매달아 죽는 사람은 살기 위해 목에 건 밧줄을 벗으려고 발버둥을 치고 말이다.

아무튼, 그만큼 본능의 지배가 강한 호흡은 아무리 수련을 해도 결코 쉽게 제어할 수가 없다는 말이다.

그리고 레이나는 그걸 너무나 잘 알고 있었다.

―호흡해!

스파르타도 이런 스파르타가 없었다.

묶어놓고 배를 강하게 걷어차고서는 하는 말이 호흡해라라니.

하지만 진운은 살기 위해서라도 호흡을 해야만 했다. 아픈 건 둘째 치고 당장 숨이 턱 막히니 다른 것을 생각할 여유조차 없었다.

퍽!!

—5일째야. 이제 좀 적응이 되지 않아?

'미친년!!'

진운은 5일째 쇠기둥에 묶인 뒤로 잠자는 것부터 대소변까지 그 자리에서 해결해야만 했다.

풀어준다? 그딴 건 없었다.

진운을 향해 손을 내밀고 손바닥에 푸른빛의 원과 오망성이 그려지면,

—클린(Clean).

이라는 주문과 같은 말 한마디면 악취는 물론 진운이 싼 대소변이 모두 깨끗하게 사라졌으니 말이다.

그리고 진운은 그때야 알았다.

처음에 쇠기둥에 묶이기 전에 몸을 꼼짝도 할 수 없었던 것도 방금 저 클린이라는 것과 같은 마법이라는 것을 말이다.

하지만 그런 것을 깊이 생각할 여유 따위는 진운에게 없었다.

퍽퍽퍽!!

"쿨럭!!"

—천천히! 깊게! 그리고 내쉴 때는 가늘게 내쉬면서 끊어지지 않게!

뭔 놈의 요구 조건이 그리도 많은지 진운은 레이나의 요구대로 호흡을 하려고 노력은 했다. 하지만 그게 쉬울 리가 없

었다.

듣는 것만으로 바로 할 수 있다면 그건 천재를 넘어 괴물이다. 그리고 진운은 괴물은커녕 천재도 아닌 평범한 사람이었으니 애초에 불가능한 것이다.

하지만 할 수밖에 없었다.

퍽!!

"쿨럭!!"

레이나는 조금이라도 자신이 말한 대로 호흡하지 않으면 진운의 배를 강하게 걷어찼으니 말이다.

여자 깡패? 조폭? 그따위 것은 지금 레이나에 비하면 아무것도 아니다.

악마!

그렇다. 지금 진운에게 레이나는 악마 그 자체였다.

먹는 시간과 다섯 시간의 수면 시간을 제외하고는 오로지 쇠기둥에 묶여 있는 진운을 걷어차는 게 그녀의 하루 일과였으니 말이다.

거기다 10일쯤 지났을 때 진운도 어느 정도 적응이 됐는지 한번 걷어찬 것으로는 호흡이 흐트러지지도 않자,

퍽퍽퍽퍽!!

마치 킥력을 알아보는 기계를 걷어차듯 연속으로 걷어차기 시작했다.

"쿨럭쿨럭!!"

─호흡해!! 얼른!!

걷어차고 나서 진운의 호흡이 흐트러질 때마다 레이나는 진운에게 호흡하라고 윽박질렀고, 눈에 시퍼렇게 독기가 오른 진운은 죽기 살기로 레이나가 말한 호흡법을 했다.

강해지는 것은 이미 진운의 머릿속에 없었다.

무조건 호흡을 하는 것 외에는 말이다.

그리고 그렇게 독이 바짝 오른 진운의 모습을 본 레이나는 입가에 미소를 지으면서,

─이제 시작이야. 내 등을 맡기려면 이 정도는 아무것도 아니지.

"악마 같은 년!!"

퍽!!

"쿨럭!!"

─날 욕할 시간 있으면 호흡이나 제대로 해. 그래야 살아남으니까.

진운은 도대체 어떤 위험이 있길래 자신을 이 지경까지 몰아붙이는지 알 수가 없었다.

진운이 목숨의 위협을 겪은 것은 오직 론의 공격과 함께 레이나를 만나기 전에 마주했던 녀석뿐이었으니 말이다. 물론 모래폭풍이 있지만 그건 자연재해이기에 지금처럼 인위적인

공격은 아니라서 제외했다.

사실 진운이 레이나를 동료로 승낙한 결정적인 계기가 바로 자신을 찔러오던 시퍼렇게 날이 선 칼날의 기억 때문이기도 했다.

그런데 지금 진운은 어쩌면 그것도 조작한 게 아닐까 하는 의심마저 들 정도로 악마같이 진운을 괴롭히고 있는 상대는 바로 레이나였다.

퍽퍽퍽!!

"흡흡… 후~"

퍽퍽퍽퍽퍽!!

"흡! 후……."

30일쯤 되자 아무리 걷어차도 진운의 표정 하나 변하지 않았고, 호흡마저 흐트러지기는커녕 끊어지지도 않았다.

─오, 좋아.

레이나는 진운이 호흡법을 완전히 몸에 익혔다고 생각했는지 아주 만족스러운 얼굴을 하고서 진운을 물끄러미 바라봤다.

"왜 그러지? 네가 바란 게 이거 아니었어?"

아마 눈빛만으로 살인이 가능하다면 지금 진운은 레이나를 수천 번은 죽였을지도 모를 만큼 독이 바짝 올라 있었다.

하지만 그런 진운의 눈빛 따위는 관심은커녕 상관없다는

듯 진운의 눈동자를 한참 동안 바라보기만 했다.

그러다,

―슬슬 벗어나고 싶지?

"당연하지!"

벌써 30일 가까이 여기에 묶여서 먹는 것부터 대소변까지 모두 해결했다.

스스로 생각해도 더 이상 인간이라고 느껴지지 않을 만큼 처참하다고 생각되고 있는 상황에 레이나의 말이 곱게 들릴 리가 없었다.

―그럼 나와.

"장난해!!"

마치 걸어 나오라는 듯 가벼운 손짓으로 진운에게 말하는 레이나의 모습이 너무나 가증스러웠다.

쉽게 말하는 레이나의 말처럼 그게 가능했다면 아마 벌써 무슨 사달이 벌어졌을지도 몰랐다.

하지만 아무리 용을 써도 철근은 꼼짝도 하지 않기에 이렇게 묶여 있는 것이다.

―역시… 넌 바보구나?

"…이익!!"

끝까지 무시하면서 깔보는 듯한 레이나의 모습과 함께 무언가 툭 하고 끊어지는 느낌이 들더니 진운의 몸이 뜨거워지기 시작했다.

진운은 이미 그동안 참고 있던 마지막 어떤 것이 끊어져 버렸기에 지금 자신의 몸에 어떤 변화가 있다는 것을 전혀 모르고 있었다.

끼이이익, 끼릭!

끼이이익, 끼릭, 끼릭, 끼릭!!

이성을 잃어버린 진운이 몸을 흔들자 놀랍게도 그동안 진운의 몸을 묶고 있던 철근이 벌어지기 시작했다.

끼이익, 꺼럭!!

팡!!

급기야 진운이 양팔을 높게 치켜들자 그동안 진운의 가슴과 어깨를 묶고 있던 철근이 팅겨 나가듯 벌어졌다.

그것을 시작으로 더 이상 철근은 진운의 몸을 묶어놓지 못했다.

"너!! 죽었어!! 빌어먹을 년!!"

쾅!!

마지막 철근마저 힘으로 팅겨내 버린 진운은 볼 것도 없이 그대로 레이나를 향해 뛰어들었다.

마치 활에서 화살이 날아가듯 한 번의 도약만으로 몇 미터나 뒤에 있는 레이나의 얼굴을 향해 일직선으로 말이다.

―바보 같은…….

무서운 기세로 뛰어드는 진운을 보고도 레이나는 오히려 한숨을 쉬더니 손을 들어 손바닥을 진운을 향했다.

—슬립(Slip).

단 한 마디를 하자,

털썩!

무섭게 날아오던 진운은 그 자리에 멈추더니 그대로 쓰러져 버렸다.

—두려울 만큼 단순한 놈이군. 하지만 그만큼 빠르게 흡수했어.

본래 레이나는 호흡법을 강제로 가르치는 것만 4개월을 예상하고 있었다.

사실 이건 자신이 알고 있는 것으로 자신이 살던 곳의 인간들, 그중에서도 가장 강하다고 알려진 기사들이 익히는 호흡법이다.

인간의 힘을 몇 배난 벗어난 괴물을 상대로도 오히려 압도적인 능력을 발휘하는 기사들은 누구라고 할 것 없이 필연적으로 진운이 배운 호흡법을 익혔다.

물론 진운처럼 무식하리만큼 얻어맞으면서 배우진 않는다.

아주 어릴 때부터 천천히, 하지만 자신도 의식하지 않을 만큼 자연스럽게 호흡법을 익혔다.

하지만 진운은 사정이 좀 달랐다.

우선 이미 나이가 너무 많다는 것이다.

일반적으로 레이나가 기억하기에 기사들이 호흡법을 배우는 나이는 네 살부터라고 들었다.

즉, 걸음마를 하고 말을 배우기 시작할 때부터 이미 기사가 되기 위한 준비를 하는 셈이다.

하지만 이미 성년이 되어버린 진운은 기존의 일반적인 호흡법이 완전히 자리를 잡은 상태였기에 그걸 뜯어고친다는 것은 사실 거의 불가능에 가까웠다.

그리고 사실 레이나가 거의 고문에 가까운 방법으로 진운에게 호흡법을 가르친 것은 바로 시간이 부족했기 때문이다.

언제 진운 같은 파트너가 나타날지 예측조차 못하고 있는 상황에 또다시 기약도 없이 기다리고만 있을 수는 없었다.

그리고 무엇보다 진운에게는 말하지는 않았지만 엘프인 레이나 자신조차도 100년이 넘게 이곳에 갇혀 있는 동안 미칠 뻔한 적이 한두 번이 아니었다.

물론 마법적 능력과 위력은 처음 이곳에 들어왔을 때보다 월등하게 높아지고 강해졌지만 아무리 노력해도 탈출만큼은 불가능했던 것이다.

그때서야 깨달은 레이나였다.

절대로 혼자서는 안 된다는 것을 말이다.

특히나 마지막 탈출구로 보이는 그곳을 지키고 있는 그 녀석을 상대로는 아무리 강해도 소용이 없다는 것을 깨달은 것은 지금부터 50년 전이다.

그리고 줄곧 기다렸다.

자신이 등을 맡길 수 있는 존재가 바벨탑으로 들어오기를 말이다.

평균 천 년을 산다고 하는 하이엘프인 레이나는 기다렸다. 천천히 말이다.

—다시는… 죽게 놔두질 않아. 절대로.

마법으로 완전히 잠들어 버린 진운을 바라보는 레이나는 평소의 표독스러운 눈빛이 아니라 너무나 슬픈 눈빛이었다.

그리고 중얼거리듯 하는 말이지만 그 말 속에는 왠지 진운을 어떻게든 살리고야 말겠다는 굳은 의지까지 느껴졌다.

—론.

레이나가 완전히 잠들어 버린 진운을 보다 론을 불렀다. 그녀의 뒤에서 론이 모습을 드러냈다.

—침대로 가져가 눕혀. 깨어나면 다음 단계를 가야 하니까.

레이나의 말에 말없이 걸음을 옮긴 론은 진운의 목덜미 쪽을 덥석 물더니,

휙!

　가볍게 머리를 흔들자 성인 남자인 진운의 몸이 허공에 떠 버렸다.

　턱!

　그리고 론은 진운의 육중한 몸을 자신의 등으로 받아버리더니 가벼운 걸음으로 침대로 다가가 던지다시피 진운을 내버렸다.

＊　　　＊　　　＊

　스르렁～

　"……"

　진운은 지금 자신 앞에 겨눠진 검끝을 바라보면서 자신도 모르게 침을 삼켰다.

　"진검… 이야?"

　─그럼 이게 네 눈에는 장난감으로 보이냐?

　시종일관 차갑다 못해 고드름이 맺혀서 떨어질 것 같이 냉정한 레이나의 말투에 진운은 한숨이 나왔다.

　묶여 있던 것에서 풀려난 것은 정말 좋았는데, 깨어나자마자 날이 시퍼렇게 선 검을 던져 주기에 얼떨결에 받은 진운은 황당한 말을 들어야 했다.

　─지금부터는 대련을 한다.

사실 진운도 어린 시절 검도를 배운 적이 있다.

하지만 날이 시퍼렇게 선 진검으로 대련한다는 레이나의 말에 덜컥 겁부터 나는 건 어쩔 수 없었다.

거기다 혹시나 하는 생각에 진운은 자신이 들고 있는 검날을 손가락으로 살짝 튕겨보기도 했다.

챙～

하는 쇳소리와 함께 손가락을 튕길 때 실수를 했는지 손톱이 잘려 나간 것도 확인했다.

'젠장!! 이거 진검도 보통 진검이 아니잖아!!'

날이 시퍼런 검을 확인하고 식은땀을 흘리던 진운이 고개를 천천히 들어 눈앞에 레이나를 바라보았다.

오히려 레이나는 왜 그런 눈으로 자신을 바라보느냐는 듯 진운을 물끄러미 쳐다보고 있다.

—공격하라고 기다려 줬는데 안 할 건가?

"뭐? 지금 바로?"

—멍청한 놈.

레이나는 아직도 상황 파악을 제대로 못하고 있는 진운의 행동에 한숨을 쉬더니,

부스럭!

자세를 낮게 잡았다.

—잘 들어라. 죽느냐 사느냐… 선택이 아니라…….

스팟!

말하는 도중에 갑자기 진운의 시야에서 사라져 버린 레이나. 그리고 그런 레이나를 찾는 진운의 뒤에서 다시 레이나의 목소리가 들렸다.

―발버둥이라도 쳐야지.

챙그랑!

"손이……!"

허무하다 싶을 만큼 진운은 조금 전까지 들고 있던 검과 그 검을 잡고 있던 오른손이 잘린 채 바닥에 떨어진 것을 보고는 몸의 피가 빠지는 느낌을 받았다.

―시끄럽군.

레이나는 자신이 잘라놓고도 오히려 핀잔을 주더니 바닥에 떨어진 진운의 오른손과 검을 집어 들고,

―힐링.

마법으로 먼저 세포 조직을 최대한 활성화시킨 다음,

―팔 내놔.

하면서 강제로 진운의 손이 잘린 오른팔의 팔목을 잡더니 접착제로 조립식 장난감을 붙이듯 가져다 붙였다.

―리커버리.

잘린 손을 원래 자리에 대고 나서 잘린 자리를 손으로 꽉 쥔 레이나는 간단한 주문과 함께 진운의 손을 원래대로 붙여.

버렸다.

―놀랍나?

끄덕.

진운은 처음에 자신의 손이 잘린 것보다 더 놀랐다.

잘린 손이 너무나 쉽게 붙어버렸으니 말이다.

사실 아무리 마법이 만능이라고 해도 이 정도로 쉽게 잘린 팔이 붙지는 않는다.

하지만 그동안 레이나는 이곳에서 홀로 지내면서 한 거라고는 오로지 마법 수련뿐이었다.

그러다 보니 엘프로서 올라야 할 최고의 경지에까지 오른 것이다.

거기다 기존의 마법을 사용할 때 필수적으로 해야 하는 캐스팅조차 없었다.

마법을 발현시키는 시동어만 가지고 치료계 최고의 마법이라고 불리는 리커버리까지 별거 아닌 것처럼 사용하는 레이나는 지금 진운의 눈에 절대로 단순한 금발 미녀로 보이지 않았다.

그리고 지금에서야 진운은 깨달았다. 그녀를 만난 첫날, 원래 론에 의해 잘렸던 팔과 다리가 왜 멀쩡했었는지를.

그리고 30일 가까이 얻어맞으면서도 왜 하루하루 멀쩡하게 있을 수 있었는지를.

일반적으로 아무리 맷집이 좋은 사람이라고 해도 30일 가까지 배를 걸어차이면 죽는 건 당연했다.

기본적으로 장기를 둘러싸고 있는 복막이 찢어지거나 내장 출혈 등, 나열하기 어려울 만큼 죽을 가능성이 많았다.

그만큼 그녀의 실력과 진운이 익힌 호흡법이 대단하다는 마이다.

저벅저벅.

진운의 손을 거짓말처럼 마법으로 정상적으로 돌려놓은 다음 레이나는 다시 진운과 마주 본 자세로 돌아가더니 검을 들고 조금 전과 같이 자세를 낮췄다.

"젠장!!"

손이 잘리는 경험은 정말 더 이상 사양하고 싶은 심정인 진운도 결국 검을 세워 잡자 레이나는 그런 진운의 자세를 보고는 흥미로운 듯,

—그건 뭐지?

검도에서 배운 대로 검을 몸의 중심에 세워 잡은 자세를 취하자 레이나도 자신과 전혀 다른 자세에 호기심이 생긴 듯했다.

"검도."

레이나라면 정말 치가 떨리는 진운이기에 당연히 대답도 퉁명스럽고 단답형이지만 애초에 레이나도 진운이 그런 반응

을 보일 것은 예상하고 있었다.

―막을 수 있을까 모르겠군.

"이익! 이래 봬도 중등부 전국대회 본선 진출자 출신이라고!!"

확실히 레이나의 능력은 진운이 감당하기에 강했다. 아니, 강한 정도가 아니라 이건 어떻게 가늠도 해볼 수 없을 만큼 압도적으로 말이다.

하지만 그렇다고 넋 놓고 당할 생각은 추호도 없는 진운이다.

꽈악.

손아귀에 힘을 넣고 진검이기에 제법 무거운 무게지만,

"후웁, 후웁."

진운이 지금까지 걷어차이면서 배운 호흡법이 자연스럽게 실행되자 거짓말처럼 가벼워졌다.

'원래… 이런 건가?'

진운은 현재 자신이 배운 호흡법이 어떤 건지도 모르고 있는 상황이었고, 묶여 있다가 빠져나올 때에는 이미 머리 뚜껑이 열린 상태라 자신이 어떻게 그렇게 두꺼운 철근을 튕겨내면서 레이나에게 달려들었는지도 생각하지 못했다.

그러니 당연히 무의식중에 한 호흡법으로 진검의 무게가 갑자기 깃털을 든 것처럼 가벼워졌다고 해도 이유를 알 리가 없었다.

그저 자신이 긴장해서 무게를 느끼지 못하는가 보다 하고 생각하고 있으니 말이다.

씨익~

진운의 발끈하는 모습과 검도 자세를 본 레이나는 그래도 완전히 검을 처음 잡아보는 생초보는 아니라는 것이 마음에 들었는지 입가에 미소를 띠었다.

하지만 반대로 레이나의 미소를 본 진운은 오히려 더욱 발끈했다.

'젠장!! 어차피 상대가 안 되는 거, 뭔 짓을 해도 똑같다 이거냐!!'

마치 자신을 비웃는 것 같은 느낌을 받은 진운은 무시당하는 것도 어느 정도지 이제는 정말 참을 만큼 참았다는 생각이 들었고, 손까지 잘려본 마당에 여자라고 봐준다는 생각은 눈곱만큼도 없었다.

"타핫!!"

휙!

호흡법으로 몸이 이미 예전의 몸이 아니게 된 진운은 거의 5미터 정도 거리였지만 한 번의 도약만으로 순식간에 레이나 앞까지 다가갔다.

캉!!

하지만 너무나 허무하리만큼 간단하게 검을 옆으로 비트
는 것만으로 진운의 공격을 막아버린 레이나는 애초에 실력
차이가 극명하게 나는 만큼 이런 공격도 별 소득이 없었다.
　─잔재주로군.
　"끝까지 가보고 그런 말 해!!"
　독기가 오른 진운과 그런 독기를 품도록 일부러 도발한 레
이나 사이에 검이 다시 움직였다.

Chapter
06
독하게

캉캉캉!! 캉캉캉!!

"크윽!!"

마치 미친놈이 나무를 후려 패듯 양손으로 검을 잡고 무자
비하게 휘두르는 진운과 달리, 레이나는 한 손으로 최소한의
동작만으로 진운의 검을 모두 튕겨내고 있었다.

캉!!

비틀어 튕겨내 버리고,

카캉!!

검면을 비스듬하게 기울여 흘러 버리기도 했다.

누가 보면 진운이 사생결단을 내려는 듯 레이나를 공격하는 것처럼 보였고, 가녀린 팔을 가진 레이나는 궁지에 몰린 것처럼 보였다.

하지만 실상은 그와 반대이고 지친 것은 진운이었다.

레이나는 수백 번이나 자신이 가르친 호흡법으로 강화된 진운의 검을 아무렇지 않게 한 손으로 튕겨내 버린 것도 모자라 땀 한 방울 흘리지 않았다.

거기다 지금 서 있는 곳에서 한 발자국도 움직이지 않고 있었다.

"헉헉헉!"

결국 무식하게 힘으로 밀어붙이려다 제풀에 지쳐 버린 진운이 가쁜 숨을 몰아쉬면서 먼저 나가떨어졌고,

스걱!

"크악!!"

레이나는 진운이 지쳐서 물러나자마자 곧바로 스치듯 진운을 지나가면서 깨끗하게 왼팔을 잘라내 버렸다.

툭.

―힘의 배분도 구분 못하고 멍청하군.

사실 체계적으로 호흡법을 배운 게 아닌 진운이 힘의 배분이나 관리를 알 리가 없었다.

거기다 뭣 하나 설명 한번 해주지 않았으니 말이다.

　물론 이런 상황에는 엘프인 레이나와 인간인 진운 사이의
가치관과 생활방식에 대한 차이 때문이란 것을 알 리가 없었
다.

　인간은 아무리 동료로 받아들이고 함께한다고 하지만 기
본적으로 의견 조율이나 말을 서로 나누면서 천천히 상대를
알아가고, 그리고 그런 수많은 말과 시간이 지나야만 상대에
대한 믿음을 가지게 되는 편이다.

　하지만 엘프는 완전히 달랐다.

　한번 동료로 믿고 상대가 승낙했다면 그걸로 끝인 것이다.

　상대가 아무리 힘든 일을 시켜도 묵묵히 받아들인다.

　엘프 특유의 진실을 가려내는 능력으로 상대가 진심인지
아닌지만 알고 나면 그 후에는 절대 의심하지 않는다.

　만약 지금과 반대로 진운이 가르치는 입장이라면 정말 최
고로 멋진 제자를 들이게 되는 것이 될 수도 있지만, 현실은
반대라는 것이 문제였다.

　무조건 가르치고 상대가 따라온다고 믿는 레이나는 오로
지 자신의 방식대로 진운을 훈련시키고 있는 것이다.

　애초에 질문을 받고 서로 의견을 나누면서 신뢰를 쌓을 시
간이 없는 것도 한 가지 문제였지만 지금처럼 진운도 특수한
상황이 아니라면 아마 벌써 도망가도 수백 번은 도망갔을 게
뻔했다.

─머리를 써라. 살아남으려면.

찔러도 피 한 방울 나올 것 같지 않은 레이나의 무뚝뚝한 말조차 이제는 진운의 신경을 건드리는 상황이었다.

하지만 그렇게 잔인하게 하면서도 잘린 부위를 꼭 마법을 사용해서 원상 복구시켜 주기는 했다.

아니, 어쩌면 저렇게 원상 복구를 시킬 만큼 능력이 있으니까 진검을 들고 사정없이 손이나 팔 정도는 거리낌 없이 베어 버리는지도 모르지만 말이다.

"제기랄."

챙그랑!!

결국 진운은 들고 있던 검을 집어던져 버리고는 몸을 돌려 버렸다.

─뭐하자는 거지?

레이나는 진운의 모습에 예쁜 눈썹을 살짝 찡그리고 모으면서 살짝 화가 나는 듯한 표정을 지었다.

"젠장!! 안 해!! 빌어먹을!! 누가 이딴 식으로 훈련을 해!! 대련 중에 손이 잘리고 팔이 잘리는 게 무슨 훈련이야!!"

어떻게 해도 자신이 이기지 못할 상대를 상대로 더 이상 장난감 취급을 당하기 싫었던 진운은 차라리 죽여 달라는 듯 레이나를 앞에 두고 등을 보이고 있었다.

─그렇게 죽고 싶나?

“아! 진짜 차라리 죽여!! 이게 뭐가 대련이고 훈련이야!! 사람을 묶어놓고 몇날 며칠을 발로 차질 않나, 이제는 칼로 고기 자르듯 잘라 버리는데!!”

―…….

레이나는 잠시 진운의 신경질적인 말을 듣다가,

스르렁.

자신의 검을 조용히 검집에 집어넣었다.

―알고 싶지 않나?

“아! 씨파!! 뭘 알고 싶으냐는 거야? 뭘!! 뭘!! 뭘!! 뭐어얼!!”

핏줄이 터졌는지 눈동자가 시뻘겋고 목에 핏대까지 세워가면서 다시 레이나를 돌아본 진운은 누가 봐도 미친놈 같은 모습이다.

하지만 레이나는 그런 진운의 모습에도 표정 하나 변하지 않았다.

―역시 인간인가.

레이나는 호흡법을 빨리 익히기에 나름 진운에 대한 평가를 후하게 주고 있었다. 그러나 역시나 엘프인 자신과 달리 결국 진운은 인간인 것을 인정했다.

―따라와.

“싫어!! 내가 왜?!”

차라리 죽으면 죽었지 레이나의 말은 따르지 않겠다는 듯 고집을 부린 진운은 아예 그 자리에 드러누워 버렸다.

"아!! 몰라!! 죽이든 살리든 맘대로 해!!"

—…….

레이나도 설마 이 정도로 막나갈 줄은 예상하지 못했는지 잠시 눈썹이 파르르 떨렸지만 크게 표정의 변화가 있는 건 아니었다.

—죽더라도 최소한 자기가 왜 이런 꼴을 당해야 하는지 이유도 알고 싶지 않는가 보군.

"……?"

드러누워서 오로지 깡다구 하나로 시위하던 진운이 갑자기 벌떡 일어나 앉더니 레이나를 빤히 바라보면서,

"무슨 뜻이지?"

—말하지 않았나? 자신이 왜 이런 곳에 있는지, 어째서 이런 꼴을 당해야 하는지 알고 싶지 않느냐고 말이야.

"……."

레이나의 말을 듣던 진운은 그제야 불현듯 한 가지 의문이 떠올랐다.

자신에 왜 이곳에 왔는지, 그리고 어째서 이런 일을 당해야 하는지 말이다.

모든 것이 너무 갑작스럽게 이루어졌다.

모래폭풍, 나치군의 기지, 론, 죽음 등등. 모두 그동안 알고

있던 상식을 벗어난 사건의 연속에, 레이나의 파격적인 훈련법까지.

거기다 훈련이라는 명목하에 이루어진 구타에 독기만 키우다 보니 가장 중요한 것을 놓치고 있었던 것이다.

부스럭.

진운은 잠시 레이나를 똑바로 바라보면서 생각하는 듯하더니 조용히 일어섰다.

"좋아, 그 이유가 뭔지 나도 알고 싶으니까. 죽더라도 최소한 아무것도 모른 채 죽는 건 내가 너무 억울해!"

레이나는 진운의 그런 반응에 오히려 떨리던 눈썹이 진정되면서 천천히 진운의 곁으로 다가왔다.

―한 가지만 기억해라. 그걸 보고 나서도 네가 이따위로 고집 부린다면…….

꿀꺽.

갑자기 진운의 몸이 제멋대로 떨리기 시작하더니 레이나의 눈동자에서 시선을 뗄 수가 없었다.

―차라리 네 목을 베어버리고 난 다시 기다릴 것이다.

"……."

진운은 지금 레이나가 자신에게 최후통첩을 한다는 걸 직감으로 알았다.

사실 어깨나 손 정도를 가볍게 뼈까지 베어버리는 레이나

의 실력으로 진운의 목을 베어버리는 것은 아마 그 무엇보다
손쉬울 것이다.

'젠장.'

진운은 차라리 죽여 달라고 소리치던 것과 달리 레이나의
살기가 집중되자 몸이 떨리는 것을 막을 수가 없었다.

거기다 현재 진운의 실력으로 레이나의 살기(殺氣)를 정면
으로 받고도 멀쩡하다면 그게 오히려 이상했다.

진운은 평범하게 살아온 일반인이었고, 레이나는 이미 엘
프 특유의 능력과 더불어 이곳에 갇혀 지내면서 마법부터 시
작해 자신이 강해질 수 있는 모든 수단과 방법을 동원해서 강
해진 존재이다. 같을 리가 없다.

엘프는 태어날 때부터 마법과 정령에 특화된 몸을 가지고
태어난다.

당연히 마법 하나만 봐도 진운과 비교할 수 없었다.

그런데 거기에 검술까지 상당한 실력으로, 레이나는 본래
자신이 살던 곳으로 지금 당장 돌아가면 아마 대륙을 혼자 쓸
고 다닐 수 있을 만큼 강했다.

—아까 소리치던 패기는 다 어디로 갔지?

부들부들.

'젠장!!! 저건 악마야, 악마!!'

벌레 하나 죽이지 못할 것 같은 얼굴과 금방이라도 부러질

것 같은 가녀린 팔과 다리, 거기다 조금만 강하게 껴안아도
으스러질 것 같은 허리, 그런 레이나의 외모가 진운에게는 마
치 악마가 인간을 속이기 위해서 껍질을 뒤집어쓰고 있는 것
처럼 보였다.

—따라와.

저벅저벅.

레이나가 먼저 앞장서서 걸었고, 진운은 묵묵히 그 뒤를 따
랐다.

처음 들어올 때와 반대쪽으로 천천히 걸어가던 레이나는
입구는커녕 조그마한 구멍도 없는 곳에 와서 서더니,

—론.

부름과 함께 레이나의 그림자에서 쑤욱 튀어나온 론은 진
운을 한번 슬쩍 바라봤다.

마치 가소롭다는 듯이 말이다.

물론 그런 느낌을 진운이 눈치채지 못할 리가 없다.

말 못하는 동물일수록 노골적으로 감정이 드러나니, 저 개
조차도 자신을 우습게 본다는 생각에 진운은 손가락이 으스
러질 만큼 강하게 주먹을 쥐었다.

마음 같으면 당장에라도 어떻게 하고 싶지만, 현재 자신은
무방비로 등을 보이고 있는 레이나는커녕 레이나가 부른 론
이라는 개조차도 어떻게 해볼 수 없는 실력인 걸 스스로가 알

고 있었다.

─열어라.

레이나가 명령하자 론은 레이나가 손짓한 곳으로 천천히 다가가더니,

"……!"

마치 얼음이 녹아내리듯 벽에 흡수되기 시작했다.

벽도 스펀지가 물을 빨아들이듯 론의 녹아내린 몸을 빨아들이고 말이다.

조금 뒤 론이 벽 속으로 완전히 빨려들어 가자 커다란 공간이 생겼는데, 사람 하나는 충분히 드나들 정도이다.

─따라와. 눈으로 직접 보고 판단해라.

시커먼 페인트로 칠한 것 같은 통로를 레이나는 서슴없이 들어가 버렸고, 진운도 잠시 머뭇거리긴 했지만 질끈 눈을 감고 따라 들어갔다.

쑤우욱.

마치 끈적끈적한 젤리를 통과하는 것 같은 느낌에 기분이 역겨웠지만, 진운은 꾹 참고 그럴수록 발에 힘을 더욱 주었다.

턱.

젤리 같은 통로를 지나 비로소 몸에 느낌이 없자 진운은 한숨과 함께 눈을 떴는데,

“…….”

눈앞에 보이는 광경에 할 말을 잃어버렸다.

―놀랐나?

진운의 반응에 레이나는 이미 예상했는지 무덤덤했다.

하지만 시큰둥한 레이나와 달리 진운은 무슨 지옥에라도 들어온 듯 지금 눈앞의 광경에서 눈을 뗄 수가 없었다.

사방의 벽에는 고깃조각 같은 것이 말라붙어 있고, 수많은 칼이 벽에 박혀 있었다.

그뿐인가? 시커먼 것은 벽이고, 바닥의 하얀 것은 모두 유골이었다.

그것도 해골 이마 부분에 뿔이 튀어나와 있는 특이한 것뿐이다.

이렇게 된 것이 오래되었는지 피비린내는 나지 않지만 한 걸음 걸을 때마다 발길에 차이는 뼛조각은 진운의 시선을 어지럽게 했다.

“이건 도대체…….”

―마족, 이곳말로는 악마라고도 부른다던데, 처음 보는 모양이군.

빠직!!

놀라서 멍한 진운과 달리 레이나는 지금 발길에 걸린 해골 하나를 보더니 눈썹을 찡그리고는 그대로 밟아서 부숴 버렸다.

―이제 시작이야, 시작.

조용히 중얼거리던 레이나는 진운을 데리고 계속 걸었다.

그리고 레이나를 따라 걷는 동안 진운은 몇 번이나 헛구역 질을 했고, 결국에는 뱃속에 든 것도 없는데 토해내느라고 한 참이나 고생해야 했다.

특히나 레이나를 따라 계단을 걸어 올라가다 계단 중앙에 앉은 채로 몸이 반쪽으로 갈려 있는 녀석은 신체 안에 들어 있던 것들이 모두 흘러내려 걸어가는 계단의 진운의 발길을 잡았다.

―아직도 썩지 않았군.

레이나는 익숙하다는 듯 무심하게 한마디 하고는 그대로 지나쳤다.

"욱, 욱, 우욱!"

진운은 바로 옆에서 내장과 피가 쏟아져 내려 말라가고 있 는 모습을 애써 외면했지만 어쩔 수 없었다.

이미 봐버린 만큼 뇌리에는 선명하게 남아버렸으니 말이 다.

그래도 레이나의 걸음은 멈출 줄을 몰랐다.

그렇게 서너 시간은 계간을 올라간 것 같은데 여전히 계단 은 끝이 보이지 않고 있었다.

아무리 호흡법으로 능력을 얻었다고 하지만, 현재 진운은 스스로 그걸 모르고 있었다. 그만큼 체력 소모가 많을 수밖에 없었다.

특히나 평지를 서너 시간 걸어도 피곤한데 계단을 오른다면 그 피로는 몇 배는 증가하는 게 당연했다.

"레이나, 헉헉, 좀 쉬었다 가자."

멈칫.

진운의 쉬자는 말에 올라가던 걸음을 멈춘 채 조용히 뒤돌아본 레이나는 마치 깔보는 듯 진운을 내려다보면서,

—바보에 약하기까지 하군. 그동안 한 훈련이 아무런 소용이 없어.

발끈!!

아무리 피곤하지만 레이나의 저 시비 거는 듯한 말투를 듣는 순간 진운은 가슴에서 무언가 치밀어 오르는 듯했다.

그리고 방금 전만 해도 죽겠다는 듯 힘든 표정이 사라져 버렸다.

"가자! 그래, 가!! 차라리 내가 올라가다 죽고 말지!"

오히려 성큼성큼 걸어서 올라가더니 레이나를 앞질러 버렸다.

그런 진운의 행동을 바라보던 레이나는 진운 모르게 씨익 미소 지었다.

"헉헉! 젠장! 드럽게 높네!"

벌써 계단만 해도 몇 백 층은 올라온 것 같은 느낌에 진운은 다리가 후들거리면서 금방이라도 쓰러질 것 같았다.

하지만 그때마다 레이나의 깔보는 듯한 표정과 눈동자를 생각하면서 몸을 억지로 일으켜 세웠다.

'죽어도… 내가 걷다가 죽으면 죽었지… 저년한테 않는 소리 안 한다! 죽어도 안 해!!'

이미 진운에게 레이나는 지상 최고의 악마이자 악녀였다.

처음이야 마치 전쟁을 치른 듯한 광경과 흔적에 진운도 놀랐지만, 그것도 어느 정도이지 벌써 몇 시간째 올라가는 계단에 목이 잘린 시체부터 온몸이 깨끗하게 양분된 것은 오히려 애교로 봐줄 수 있을 정도였다.

마치 믹서기로 갈아버린 듯 한쪽에 쌓여 있는 고깃덩어리도 있었으니 말이다.

하지만 이제 그 어떤 것도 더 이상 진운의 눈에 들어오지 못했다.

"헉헉… 후하… 헉헉… 후하……."

자신도 모르게 진운은 레이나의 발길질로 배운 호흡법을 사용하고 있지만 역시나 한계가 있었다.

당장 급하게 배운 호흡법으로 레이나와 같은 체력을 유지한다는 건 애초에 불가능했으니 말이다.

하지만 지치고 힘들면서도 진운이 끝까지 레이나 바로 뒤를 따라 계속 걷는 것은 오로지 깡다구로 버티고 있어서였다.

'저 악마 같은 년은 어떻게 땀도 흘리지 않냐. 미치겠구만.'

자신과 똑같이 걸어서 계단을 올라가고 있지만 온몸이 축축하게 젖어서 물속에 들어갔다 나온 듯한 꼴이 되어버린 자신과 달리 레이나는 힘들어하기는커녕 땀 한 방울 흘리지 않고 있었다.

처음과 마찬가지로 살랑거리는 머리카락은 가끔 바람이 불어올 때마다 가볍게 흩날리기까지 했다.

사실 진운은 레이나가 땀을 흘리지 않는다는 것을 눈치챈 것은 대충 한 시간 전이다.

처음에는 주변의 광경에 레이나의 모습은 신경 쓸 시간이 없었고, 다음에는 오로지 근육의 힘으로 움직였으니 금방 지쳐서 자기 몸 가누기에도 힘들어 몰랐던 것이다.

그러다 자신도 모르게 힘이 들고 한계에 다다르자 레이나의 주입식 교육으로 배운 호흡법을 자연스럽게 하게 되었다.

그러자 신기하게도 피곤이 점점 사라지고 다리에 힘도 들어왔다.

도대체 자신이 어째서 이렇게 체력이 좋아졌는지 영문을 몰랐지만 아무튼 몸이 좋아진다는 것에 마냥 기뻐하던 진운은 우연히 이마의 땀을 닦다가 잠깐 고개를 돌린 레이나와 눈이 마주쳤다.

그때 처음과 전혀 변화가 없는 레이나의 모습을 눈치챈 것이다.

그리고 그 모습을 본 진운은 딱 한 가지가 생각났다.

'괴물.'

이라고 말이다.

아무튼 여자인 레이나도 땀 한 방울 흘리지 않는데 남자인 자신은 당장에라도 뻗어버릴 것 같은 상황에 너무나 억울하면서도 화가 났다.

정말 레이나를 만나서 늘어난 것은 깡다구요, 남은 것은 악과 독기뿐이었다.

멈칫!

끝없이 올라갈 것만 같던 레이나의 걸음이 멈춘 것은 지친 진운이 기절하기 바로 직전이었다.

─여기다.

"…헉헉… 헉헉……."

당장 쓰러질 것 같은 피곤함이 온몸을 늘어지게 만들지만 진운은 억지로 허리를 세우고는 레이나가 멈춘 곳을 향해 시선을 돌렸다.

"뭐가 저리 커?"

　레이나의 시선을 따라간 진운의 눈에 가장 먼저 보인 것은 웬만한 아파트 한 동 크기만 한 문이었다.

　아니, 문이라고 부르기에도 어이없을 만큼 커다란 크기에 진운은 피곤한 것도 잠시 잊어버릴 정도였으니 말이다.

　―마지막 문이다.

　"……?"

　뜻 모를 레이나의 한마디에 진운이 고개를 돌려 레이나를 바라보자,

　―저것만 뚫으면 우리 이곳에서 탈출한다.

　"……!!"

　갑자기 가슴에서 희열이 솟아오를 것 같은 말을 들은 진운이 자신도 모르게 레이나의 어깨를 양손으로 움켜잡으면서,

　"정말이야?! 저것만 뚫으면 우린 탈출하는 거야?!"

　지금 진운은 자신이 레이나의 어깨를 잡고 마구 흔들고 있다는 것도 알아채지 못할 만큼 흥분해 있었다.

　어째서인지 레이나는 그런 진운의 행동에 가만히 있었다.

　"그럼 가자! 저기만 뚫으면 되는 거잖아!!"

　괴물 같은 레이나의 능력이라면 충분히 저따위 문 정도 뚫어버리는 것은 기본이고 가루로 만들어 버려도 충분할 것이라고 생각했기에 진운은 가볍게 발걸음을 옮겨 문 쪽을 향해 걸어가려고 했다.

—멈춰!

그런 진운을 잡은 것은 레이나였다.

"왜? 저기만 통과하면 탈출한다며?"

—내가 한 말을 잊었나?

"뭘?"

—여기서 기다리면서 지켜봐라. 그럼 이유를 알 수 있을 테니까.

진운의 행동이 한심하다는 듯 한숨까지 쉬고는 진운을 향해 손바닥을 내밀더니,

—홀드.

마법으로 손가락 하나 꼼짝 못하게 만들어 버렸다.

"뭐야?! 왜 나를 묶어!!"

갑작스런 레이나의 행동에 진운이 또다시 흥분하자 싸늘한 눈빛으로 진운을 바라본 레이나는,

—지.켜.봐.라.

라는 한마디와 함께 아무런 설명도 없이 혼자 커다란 문을 향해 걸어갔다.

"젠장, 자기 혼자 가려는 건가, 설마."

순간 진운은 불길한 예감이 들었다.

'설마 날 미끼로……?

레이나가 마법을 건 이상 그는 손가락 하나 까딱할 수 없

다. 그런 그를 내버려 둔 채, 만약 미끼로 그녀가 이용한다고 하면 그는 말릴 수가 없다.

그녀가 혼자서 문을 통과하려는 것은 아닐까 하는 예감이 진운이 치를 떨었다.

이미 레이나에 대한 반감만 가득한 진운에게 설명 하나 없이 무조건 명령하는 레이나의 속마음을 알 리도 없지만, 안다 한들 달라질 것도 없었다.

"젠장, 나를 버리면… 죽어서도… 저주할 테다!"

홀드라는 마법조차 어떻게 하지 못하는 진운은 그저 입으로 나불거리는 게 할 수 있는 전부였다.

레이나가 그런 진운의 목소리를 듣지 못할 리 없다.

거의 10여 미터 떨어져 있지만 중얼거림을 전부 들은 그녀는 슬쩍 눈만 뒤로 돌려 진운을 보는 듯하더니 입가에 미소를 지었다.

하지만 그런 미소는 곧 사라져 버리고,

―론.

쑤욱~

레이나의 부름에 레이나의 그림자에서 론이 튀어나오자,

―준비해라. 녀석이 나타날 테니.

지금까지와 달리 레이나의 표정은 잔뜩 굳어 있고, 감각은 마치 팽팽하게 당겨진 화살과 같이 바짝 날이 서 있었다.

—…….

지금까지의 경험으로 이 정도 거리면 녀석이 나타날 때가 되었다는 것을 레이나는 알고 있었다.

이미 양 손바닥에 자신만의 독창적인 마법인 수인 마법과 마법진의 마법을 합쳐 만든 퓨전 마법을 발동한 상태였다.

일반적인 마법은 주문을 외우고 공식을 대입해서 시동을 걸고, 그리고 마지막으로 시동어를 외치면서 마법이 발현되는 것이 순서다.

한마디로 자동차로 비교하자면 차문을 여는 것이 주문을 외우는 것과 같았고, 열쇠를 꽂고 차의 전원을 켜는 것이 공식을 대입해서 시동을 거는 준비다.

마지막으로 열쇠를 틀어 엔진을 점화해서 차에 생명을 불어 넣는 것이 시동어를 외치는 것이라 할 수 있다.

이처럼 복잡하고 시간이 많이 걸리지만 보편적으로 마법사들은 이런 식으로 마법을 사용하는 편이었다.

그건 바로 실현된 마법의 위력이 그만큼 강하기 때문이다.

정석대로 단계를 밟아 마법을 사용하기 때문에 그만큼 쓸데없는 힘의 낭비가 없었다.

다만 단계가 길고 그만큼 복잡하기 때문에 조금이라도 실수를 하면 마법이 바로 무효화된다는 단점도 있었다.

그런데 레이나는 그런 일반적인 마법 순서를 완전히 바꿔 버렸다.

　지금까지 혼자서 바벨의 탑 꼭대기까지 올라오면서 자연스럽게 바뀌게 된 것이다.

　살아남기 위해서, 고향으로 돌아가기 위해서 어떻게든 강해져야만 했던 레이나는 자신이 가지고 있는 모든 지식과 능력을 갈고닦았다.

　하지만 그것도 한계가 있는 법이니, 결국 탑의 중간쯤 와서 그 한계에 부딪치게 된 것이다.

　그리고 거의 죽을 뻔한 경험을 한 뒤에 생각해 낸 것이 바로 마법을 섞는 것이었다.

　마땅한 이름이 없어서 그냥 퓨전 마법이라고 하지만 그 원리와 사용법은 거의 기존의 마법 이론을 완전히 뒤집어 버리기에 충분했다.

　우선 레이나는 기존의 주문을 외우고, 공식을 대입시키는 절차를 손바닥에 그리는 마법진으로 바꿔 버렸다.

　물론 이 과정에서 필요한 마법마다 일일이 미리 마법진으로 만들어서 머릿속에 기억하고 있어야 한다는 커다란 단점이 있지만, 살고자 하는 본능 앞에서는 그조차도 장애가 되지 않았다.

　그리고 시동어만 외치는 게 불안전하다는 것을 깨달은 레이나는 손바닥에 마법진을 만들고, 자신의 손을 마법을 사용하는 촉매제로 해버렸다.

그러자 손바닥에 마나로 마법진을 그리는 것만으로도 기존의 마법을 사용하는 것과 전혀 다를 바 없는 위력을 발휘하는 마법을 사용할 수 있었던 것이다.

아니, 오히려 중간에 캐스팅이라는 절차가 사라졌으니 효율 면에서는 월등했다.

지이잉!!

레이나는 양손에 이미 활성화시킨 마법진에 신경을 집중하면서도 주변을 살폈다.

자신이 서 있는 이곳에서부터 이제 몇 발만 걸어 나가면 그 녀석이 모습을 드러낸다는 것을 알고 있으니 자연스럽게 집중력이 높아졌다.

휘릭!!

―왔다!

레이나는 머리 위에서 강한 바람 한줄기가 불어오는 것을 느끼자마자 생각할 것도 없이 양손을 하늘로 뻗으면서,

―익스플로전(Explosion)!

하고 외치자,

콰콰콰콰쾅!! 콰콰콰쾅!!

양손에서 동시에 발동한 익스플로전 마법이 서로 폭발하면서 상승효과를 가져왔다.

그 폭발력은 웬만한 미사일 수십 발과 맞먹을 만큼 위력적이었다.

멀리서 홀드 마법에 꽁꽁 묶인 진운은 그 모습에 멍하니 바라보면서 도대체 레이나의 힘이 어느 정도인지 상상조차 할 수 없었다.

하지만 그렇게 진운이 놀라는 것과 달리 정작 레이나 당사자는 얼굴을 찡그렸다.

―치잇!

타앗!!

마법을 쓰고 나서 엄청난 폭발이 일어났지만 오히려 빠르게 서 있던 자리에서 벗어나 버린 것이다.

그리고 레이나가 벗어나자마자,

슈유욱!!

폭발에 먼지가 가득한 천장에서 커다란 무언가가 내려꽂혔다.

쾅!!

정확하게 레이나가 서 있던 곳에 내려꽂힌 그것은 목적을 달성하지 못했다는 것을 알았는지 천천히 땅속에 박혀 있던 것이 뽑혀져 나오면서 모습을 드러냈다.

놀랍게도 그건 꼬리였다.

마치 강철로 만든 것 같은 비늘에 덮여 있는 꼬리는,

휙휙!! 휙!!

별것 아니라는 듯 몇 번의 움직임만으로 레이나의 익스플로전으로 생긴 먼지를 사라지게 만들었고, 먼지가 사라지자 꼬리의 주인이 모습을 드러냈다.

—나왔구나, 드래곤.

Chapter 07
최강의 장애물

커다란 몸체에 검은 빛이 온몸을 감싸고 있지만 움직임 하나하나마다 딱딱한 소리가 울리는 그런 한 마리의 괴물이 바로 드래곤이었다.

마치 지옥에서 괴수가 튀어나온다면 딱 그 모습일 것이다.

생전처음 멀리서 드래곤을 본 진운은 순간 저게 뭔지 고개를 갸웃거렸다가 자신이 알고 있는 드래곤과 특징이 맞아떨어지는 상황에 할 말을 잃어버렸다.

특히나 멀리서도 온몸을 찌릿하게 만드는 느낌은 결코 잊을 수가 없을 것 같았다.

한편 진운과 달리 이미 두 번째로 맞닥뜨리는 레이나는 입술을 깨물면서 다시 양 손바닥에 마법진을 활성화시켰다.

애초에 익스플로전 따위로 드래곤에 상처를 준다는 생각은 하지 않았으니 말이다.

하지만 익스플로전을 사용한 이유는 바로 머리 위에 있는 드래곤을 땅으로 내려오게 하기 위해서였다.

아무리 레이나라도 하늘을 마음대로 날아다니면서 공격하는 드래곤을 상대한다는 건 힘들었다.

지금까지 탑을 오르면서 하늘을 날아다니는 마족을 상대하는 것도 골치가 아팠는데, 하물며 신이 만든 최강의 생물이자 신 바로 아래에 있다는 드래곤이 날아다니면서 마법을 퍼붓는다고 생각하면 애초에 승산이 없는 싸움이었으니 말이다.

특히나 마법에 관해서는 그 어떤 존재보다 탁월한 능력을 발휘하는 드래곤에게 마법 공격은 애초에 소용없는 짓이었다.

―론!!

레이나는 드래곤이 땅에 내려섰다는 것을 알차마자 곧바로 론에게 지시했다.

그러자 론은 가볍게 뛰어오르더니 순식간에 한줄기 검은 그림자로 변했고, 그대로 땅속으로 사라져 버렸다.

─파이어!!

레이나는 론이 그림자로 변해 땅속으로 사라지자 자신도 양손에 마법진을 폭발적으로 활성화시키더니 커다란 불덩이를 양손에 쥐고는 드래곤을 향해 뛰어들었다.

하지만 모습을 드러낸 드래곤은 오히려 공격하려고 달려드는 레이나를 보면서도 꼬리만 살짝 흔들 뿐 별다른 움직임이 없었다.

드래곤이 보기에 아무리 엘프라지만 레이나의 공격은 그저 개미가 발악하는 것으로밖에 보이지 않는 것이다.

씨익~

거기다 레이나가 달려오는 것을 보면서 금속의 비늘이 부자연스럽게 움직이며 입가에 미소를 지었다.

그러거나 말거나 레이나는 그대로 드래곤을 향해 뛰어들었고, 발밑으로 뛰어드는 것처럼 하더니 갑자기 몸을 비틀어 드래곤의 머리를 향해,

─봄버!!

콰아아아아앙아!! 콰아아아앙!!

익스플로전과는 효과와 소리부터가 완전히 다른 폭발이 일어났다.

하지만 그런 폭발이 끝나자,

씨익~

입가에 미소를 띤 드래곤의 커다란 눈동자가 레이나를 똑
바로 쳐다보고 있다.

―론! 지금이다!!

레이나는 좀 전의 공격이 소용없을 것을 알았는지 지체없
이 큰 소리로 외치자,

스르륵!!

갑자기 드래곤 발밑의 땅이 검은색으로 변하기 시작했다.

……!

드래곤도 그제야 뭔가 이상하다는 것을 눈치챈 듯했지만
이미 한발 늦어버렸다.

쑤우욱.

마치 늪에 빠지듯 드래곤의 다리가 땅속으로 빨려들어 가
기 시작했다.

크아아아앙!!

뒤늦게 뭔가 잘못되었다는 것을 알아챈 드래곤이 다시 날
아오르기 위해 드래곤 피어를 하늘을 향해 울부짖으면서 힘
차게 날갯짓을 하려고 했지만,

―아이스!! 피어스!!

레이나가 그걸 두고 볼 리가 없었다.

곧바로 자기 몸만 한 얼음으로 만든 커다란 창을 드래곤의
양쪽 날개를 향해 쏘았다.

파삭!! 파삭!!

얼음 창은 매섭게 날아가는 것과 달리 드래곤의 몸에 닿자마자 허무하게 부서졌다.

하지만 레이나는 얼음 창으로 드래곤에게 피해를 주기보다는 신경을 분산시키는 게 목적이었다.

그리고 곧바로 양손에 마법진이 푸른빛을 환하게 발하더니,

─리버스 그라비티(Reverse Gravity)!

드래곤의 머리 위 허공에 역중력 마법을 실현시켜 버린 것이다.

크아아아아앙!!

한순간 날개를 향해 날아오는 아이스 피어스를 막느라고 한눈판 사이에 설마 드래곤의 몸이 아닌 허공에 역중력 마법을 사용할 줄은 몰랐는지 드래곤이 당황하기 시작했다.

마법으로서 드래곤은 거의 무적에 가깝다.

그건 마법이 드래곤으로부터 시작되었다고 전해지는 전설도 있지만 어째서인지 웬만한 마법은 드래곤에게 상처는커녕 몸에 닿는 순간 사라져 버리는 것이다.

처음에 레이나도 그런 드래곤을 상대로 거의 죽다 살아난 뒤로 함부로 다가가지 않고 있었다.

하지만 얼마 전에 생각해 낸 방법을 지금 사용한 것이데,

드래곤의 몸에 마법이 닿지 않는다면 마법이 사라지지 않을 지도 모른다는 추측을 기본으로 드래곤의 머리 위에서 역중력 마법인 리버스 그라비티를 실행해 버린 것이다.

그러자 가뜩이나 땅이 검게 변하면서 마치 늪에 빠진 듯 드래곤의 몸이 점점 땅속으로 빨려들어 갔다. 그것을 위에서 중력 마법의 힘이 내리누르자 빠져드는 속도가 급속도로 빨라졌다.

하지만 그것도 잠시뿐이었다.

크아아앙!!

파삭!!

드래곤이 역중력 마법이 자기 머리 위에 있다는 것을 알아채고 하늘을 향해 우렁차게 드래곤 피어를 뿜어내자 레이나의 마법은 그대로 부서져 버린 것이다.

─크윽…….

사라진 것이 아니라 마법이 부서지자 마법을 시전한 레이나에게도 어느 정도 충격이 간 듯 가벼운 신음 소리를 냈다.

하지만 이 정도에 멈춘다면 시작도 안 했을 것이다.

─론!! 경화!!

거의 가슴까지 드래곤의 몸이 땅속에 빨려들어 가자 레이나는 서둘러 론에게 명령을 내렸다.

그리고 레이나는 그대로 빠르게 몸을 돌려 드래곤에게서

도망치듯 빠져나왔다.

쩌, 쩌쩌저, 쩌억!

레이나가 거의 날아가듯 뛰어서 드래곤에게서 멀어지는 순간 늪처럼 빨아들이던 땅이 갑자기 회색으로 변하면서 단단하게 굳어버렸다.

그리고 굳은 것은 땅뿐만이 아니었다.

크아아아앙!!

마치 덫에 걸린 맹수가 포효하듯 드래곤 피어를 뿜어낸 드래곤은 그것을 마지막으로 땅과 같이 회색빛으로 변하면서 굳어버렸다.

멀리서 지금까지의 모든 것을 지켜본 진운은 멍하니 드래곤에게 시선이 고정되었다.

그리고 그런 진운의 곁으로 다가온 레이나는,

—이제 남은 시간은 2년이다.

그 말을 끝으로 진운에게 걸었던 홀드 마법을 풀었다.

털썩.

갑자기 뻣뻣하게 몸을 묶고 있던 홀드 마법이 사라지자 힘없이 주저앉은 진운은 자신의 눈으로 보고 있는 게 꿈인지 현실인지 그것을 이해하기 힘들어하는 표정이었다.

그리고 지금까지와 달리 레이나를 쳐다보는 진운의 눈동자에는 그 어떠한 원망이나 분노도 찾아볼 수가 없었다.

—진운.

"말해."

—론을 희생해서 드래곤을 묶어둘 수 있는 시간은 2년뿐이다. 그전에 넌 나를 뛰어넘을 만큼 강해져야 한다.

"……."

진운은 약간 슬픈 듯한 눈동자의 레이나를 쳐다보면서 고개를 끄덕였다.

그리고 천천히 일어서서 똑바로 레이나를 바라봤다.

"이거였어?"

—그래. 신이 만든 최강의 생물, 저걸 죽이지 않는 한 문은 절대로 열리지 않아.

"젠장, 무슨 판타지 소설도 아니고… 바벨의 탑에 왜 드래곤이 있는 거야? 빌어먹을."

말이 안 된다고 스스로 몇 번이나 생각했다.

하지만 지금 눈앞에 저렇게 드래곤이 떡하니 모습을 드러냈고, 소설에서나 보던 마법이 작렬하는 것도 똑똑히 봤다.

이걸 보고도 레이나에게 적대적인 감정이 남아 있다는 것은 애초에 말이 안 되는 상황이다. 상대가 드래곤이고, 그 드래곤을 죽여야만 탈출할 수 있다면 한마디로 죽는 걸 각오하고 훈련해야 한다.

거기다 소설에서 나오는 것처럼 말도 하고 사람으로 변하

는 그런 드래곤은 아니지만 레이나의 그 엄청난 마법을 정통
으로 맞고도 상처는커녕 오히려 웃고 있었다.

그리고 레이나는 진운 자신에게 증명하게 위해 드래곤을
향해 뛰어들기까지 했다.

거기다 빠져나오기 위해 론을 희생하기까지 한 것이다.

"젠장할!!"

레이나를 향해 더 이상 화를 낼 수가 없게 되어버린 진운이
었다.

한마디로 앞으로 드래곤과 싸울 때 가장 필요한 론이라는
존재를 겨우 진운을 납득시키기 위한 용도로 사용해 버린 것
이다.

레이나가 아무리 강해도 드래곤을 상대로 빠져나오는 게
결코 쉬울 리가 없었다.

그리고 아무리 론의 능력으로 드래곤이 굳어버렸다지만
기본적으로 드래곤에게 마법이 통하지 않으니 딱히 드래곤을
어떻게 할 수단도 레이나에게는 없었다.

즉, 레이나는 론이라는 카드를 버리고 진운이라는 새로운
카드에 모든 것을 걸었다는 것과 마찬가지다.

"미안해."

진운은 뒤늦게 자신이 얼마나 바보 같았는지 깨닫고 레이
나에게 사과했지만, 레이나는 그런 진운을 물끄러미 바라보

다가,

―강해지면 된다. 나보다… 훨씬 더.

그 말을 끝으로 계단을 내려가 버렸다.

그렇게 레이나와 진운의 관계는 더 이상 원수가 아닌, 정말 서로가 필요로 하고 어떤 각오를 해도 부족하다는 것을 깨닫게 되었다.

＊　　　＊　　　＊

"레이나."

진운이 다시 홀로 돌아와 가만히 앉아 있는 레이나를 마주 보며 앉더니 나직이 불렀다.

―말해라.

그녀는 여전히 딱딱한 말투였다. 하지만 진운은 전처럼 레이나를 대할 수 없었다. 상황이 완전 바뀌어 버렸다.

"뭘 믿고 그랬어?"

현재 진운이 아무리 냉정하게 생각해도 레이나에게 필요한 건 자신이 아니라 바로 론이었다.

그런데 레이나는 무슨 생각인지 론을 희생하면서까지 진운 자신을 납득시켰다는 것이 도무지 이해가 가지 않았다.

―론은 더 이상 강해지지 못하지만… 진운 넌 얼마든지 더

강해질 수 있으니까.

"내가?"

순간 진운은 믿지 못하겠다고 하려다가 입을 다물어 버렸다.

상대는 드래곤이다. 판타지 소설에서 거의 끝판왕으로 등장하는 단골손님인 것이다.

물론 소설에서처럼 완전 만능은 아닌지 마법을 난사하면서 보니 그렇게 위대하진 않았다.

마법이 통하지 않고, 세상에서 가장 단단한 금속으로 만들어진 비늘을 몸에 두르고 있다는 것이 조금 다르지만 말이다.

특히나 이미 발동해서 완벽하게 움직이는 마법조차 부숴 버리는 드래곤 피어는 그중에서도 최고로 압권이었다.

―넌 강해져야 해. 그리고 너밖에 드래곤을 죽이지 못해.

"어떻게? 내가 어떻게 드래곤을 죽인단 거야?"

도저히 드래곤을 어떻게 할 수 있을 것 같지 않기에 진운이 물어보자 레이나는 오히려 조용히 자신의 검을 꺼내더니 진운 앞에 내밀었다.

탁!!

―이걸로 찌르면 된다. 정확하게 드래곤의 머리에 있는 눈과 눈 사이를 말이야.

꿀꺽.

레이나의 말을 들은 진운은 자신도 모르게 침을 삼켰다.

드래곤의 눈과 눈 사이를 찌른다는 말은 한마디로 드래곤의 아가리를 향해 뛰어드는 것과 마찬가지다.

거기다 드래곤 피어를 온몸으로 맞이할 수도 있었다.

─내가 드래곤을 막는다. 그리고 넌 드래곤의 숨통을 끊어 놓는 거지. 간단하지?

"……."

정말 어이가 없을 만큼 간단했다.

하지만 그걸 실행하기가 얼마나 힘든지는 레이나도 알고 진운도 알고 있었다.

아무튼 그걸 계기로 진운과 레이나의 훈련은 완전히 전과 달라졌다.

캉캉!!

─호흡을 해!

퍼걱!

칼과 칼이 부딪쳐서 불똥이 튀는 와중에도 진운의 호흡이 조금만 흐트러져도 가차없이 레이나의 발이 진운의 배에 꽂혔다

털썩!!

"쿨럭쿨럭!"

마치 끈 떨어진 연처럼 뒤로 날려가 바닥을 뒹굴던 진운은

구르는 그대로 일어서더니,

"다시!!"

굳은 눈으로 몇 번이고 발에 차여 나가떨어져도 다시 레이나를 향해 달려들기를 반복하기 시작했다.

그리고 그런 진운의 모습에 레이나도 조금씩 차가운 표정이 풀어지기 시작했다.

어떤 의미로는 이제부터 진운과 레이나는 진정한 동료가 되기 시작했을지도 몰랐다.

"헉헉헉!"

거의 여섯 시간이 넘게 레이나와 칼부림을 했지만 역시 먼저 지쳐서 쓰러진 것은 진운이었다.

여전히 땀 한 방울 흘리지 않는 레이나는 쓰러진 진운을 향해 손바닥을 내밀더니,

─클린.

마법으로 깨끗하게 만들어주고는 먹을 것을 꺼내더니,

─먹고 다음 단계로 넘어간다.

"응!"

오히려 레이나의 찬바람 쌩쌩 부는 모습에 진운은 환하게 웃으면서 마주하고 앉아서 먹었다.

그리고 잠깐의 휴식을 취한 다음 곧바로 다음 훈련을 시작했는데,

쿵!!

"…이건?"

진운은 다음 훈련이라면서 레이나가 허공에서 꺼낸 것을
보고는 할 말을 잃어버렸다.

굵기만 해도 2m는 넘어 보이고 높이도 거의 3m는 되어 보
이는 커다란 쇠기둥이었던 것이다.

거기다 얼마나 단단한지,

챙!!

빠각.

챙그랑, 또로로록.

레이나가 힘껏 검을 휘둘러 쇠기둥을 쳤지만 베어지기는
커녕 오히려 레이나가 휘두른 검이 세 조각으로 부서져 바닥
에 나뒹굴었다.

그리고 그뿐이면 놀라지도 않았다.

"흠집 하나… 없네."

아무리 단단한 쇠라도 날카로운 검으로 때렸다면 최소한
흠집이라도 있어야 정상인데, 어찌 된 건지 쇠기둥에는 작은
흠집은커녕 어딜 때렸는지 알지도 못할 만큼 깨끗하기까지
했다.

"그런데 이걸 왜 꺼낸 건데?"

─베어라.

“응?”

순간 진운이 잘못 들은 줄 알고 다시 한 번 레이나에게 물어보자,

―이번 훈련은 간단하다. 저걸 베면 된다.

“……”

진운은 슬쩍 손가락으로 쇠기둥을 가리키고는 손가락을 움직여 쇠기둥을 베어버리는 시늉을 하자 레이나는 고개를 끄덕였다.

―기간이 얼마가 걸리든, 어떤 방법을 사용하든 베어버리기만 하면 된다.

“미치겠군.”

방금 자신을 가리킨 것은 레이나도 어쩌지 못한 단단한 쇠기둥이다.

그런데 저걸 베어버리라니? 미칠 노릇이다.

하지만 진운에게는 선택의 여지가 없었다.

드래곤의 단단한 비늘도 뚫고 검을 찔러 넣어야 하는 마당에 저런 쇠기둥 정도도 자르지 못한다면 애초에 여기서 탈출하는 건 불가능하기 때문이다.

“에휴.”

한숨이 나오지만 어쩔 수 없이 자신이 해야 하는 것이다.

그리고 그때부터 진운은 일어나면 쇠기둥으로 향했고, 밥

먹고 볼일 보는 시간을 제외하고는 오직 레이나가 꺼내놓은 쇠기둥을 향해 검을 휘두르는 것만이 유일한 일과가 되었다.

캉캉캉!! 캉캉캉!!

하루 종일 쇳소리가 귀를 따갑게 했지만 이미 레이나와 진운은 각자가 알아서 귀마개를 하고 있는 상태였기에 크게 문제가 되진 않았다.

거기다 귀마개에 레이나가 사일런스 마법까지 걸어놓았으니 아무리 요란한 소리라도 사일런스 귀마개 하나면 바로 옆에서 진운이 쇠기둥을 때려도 세상모르고 잘 수 있었다.

"헉헉헉! 미치겠네."

진운은 쇠기둥을 베어버리기 위해 휘두르던 검이 부러지자 미련없이 던져 버렸다.

그리고 쇠기둥 옆에 이미 부러진 것과 똑같은 검이 준비되어 있었고, 그중에서 아무거나 하나 집어 들기 위해 검의 손잡이를 잡았다가 인상을 찡그렸다.

"젠장, 터진 상처가 아물 시간이 없군."

하루 종일 쇠기둥을 향해 검을 휘두른다고 생각해 보라. 손바닥이 남아날 리가 있겠는가?

당연히 하루에도 몇 번씩 검이 부러질 때마다 손바닥이 터져 나갔다.

처음에는 레이나가 일일이 치료를 해줬다.

그러다 며칠이 지났을 때 돌연 진운이 레이나의 치료를 거부한 것이다.

—왜 거부하지?

"몸이 알아야 하니까. 그리고 몸으로 익히려면 아픈 게 가장 좋아."

입가로는 아무렇지 않은 듯 씨익 웃었지만 검이 부러질 때마다 터져 나가는 손바닥은 이미 지문이란 게 있었는지조차 알 수 없을 만큼 엉망진창이었다.

"후… 웁… 하……."

검을 잡은 진운은 레이나가 가르쳐 준 호흡법으로 호흡을 시작했고, 그와 동시에 검을 높이 치켜들었다.

"하압!!"

그리고는 미련없이 검을 내려쳤다.

캉!!

뽀각.

챙그르르르르.

역시나 이번에도 쇠기둥을 베기는커녕 검만 부러져 버렸다.

벌써 6개월째 이 짓을 반복하고 있다.

물론 이렇게 휘두르기만 해서는 안 된다는 것은 알고 있었다. 머리로는 말이다.

그렇지만 머리로 알면 뭐하겠는가? 결국에 검을 휘둘러서 쇠기둥을 베는 것은 행동이다.

이유야 어찌 되었든 검을 휘두를 수밖에 없는 것이 현실인 것이다.

레이나는 자신의 마법을 조금이라도 더 강화시키겠다고 구석에서 혼자 뭔가를 하고 있는 중이라 레이라에게 물어볼 수도 없었다.

아니, 물어봤지만 돌아온 대답은,

―난 마법에 특화되어 있다. 그리고 내가 저 쇠기둥을 베어버릴 실력이라면 굳이 진운 너를 동료로 받아들이지도 않았다.

"하긴……."

그 한마디로 진운은 고개를 끄덕이면서 납득했고, 그 후로 혼자 쇠기둥과 씨름하고 있는 것이다.

하지만 이건 마치 끝없는 줄다리기와 같은 싸움이기도 했다. 아무리 휘둘러도 부러지는 것은 검이었고, 쇠기둥에는 흠집 하나 생기지 않으니 말이다.

매일 검만 몇 십 개를 부러뜨려 먹고 있지만 다음 날이면 전날 부러뜨린 개수만큼 레이나는 쇠기둥 옆에 떡하니 꺼내놓고 마법 수련을 하기 위해 구석으로 몸을 옮겼다.

동료이긴 하지만 레이나가 해줄 수 있는 부분은 이미 다 해준 상황이니 더 이상 곁에 있어봐야 진운에게 도움이 되지도 않고 시간낭비일 뿐이기에 철저하게 서로 필요한 것 외에는 개인플레이었다.

밥 먹을 때나 겨우 얼굴을 마주 볼 뿐이다.

하지만 그것도 각자 머릿속에 딴생각이 가득하니 대화 한마디도 없이 밥만 먹고 흩어지는 경우가 대부분이었다.

"이래서는 안 돼."

더 이상 이런 식으로 해서는 손바닥만 터지고 검만 부러지는 악순환이 계속될 뿐이라고 생각한 진운은 결국 더 이상 쇠기둥을 검으로 내려치는 것을 그만두었다.

털썩!

마치 쇠기둥과 한판 하려는 듯 노려보면서 마주 보며 앉은 진운은 도대체 어떻게 해야 저걸 벨 수 있을까 하는 고민만 머릿속에 가득했다.

그러다 문득,

"혹시 론은 저걸 벨 수 있었을까?"

론은 평소에는 개의 모습에서 검은 그림자로 변하면 빠르기도 빠르기지만 당한 사람이 느끼지도 못하는 새에 팔과 다리를 베어버릴 정도로 날카로웠기에 드는 의문이다.

물론 지금 드래곤을 붙잡고 있는 상태이기에 론이 직접 시범을 보여주지는 못하지만 굳이 시범을 보지 않아도 레이나

에게 물어보면 되기에 자리에서 일어난 진운은 곧바로 레이
나에게 다가갔다.

"레이나."

―……?

허공에 수만은 마법진이 허공에 둥둥 떠 있는 것을 지켜보
던 레이나가 진운이 부르자 고개를 슬쩍 돌렸다.

"개, 아니, 론은 저 쇠기둥을 벨 수 있나?"

―아니.

"그래……."

혹시나 하는 생각이 있었지만 결과적으로 그림자로 변한
론도 못한다는 것이 현실이었다.

―힘든가?

레이나가 실망스러워하는 진운의 얼굴 표정을 보면서 물
어보자,

"쉬울 리가 없지."

진운은 그냥 순순히 힘들다고 대답했다.

하지만 한편으로 서로 필요에 의해서 맺어진 동료의 관계
였기에 알게 모르게 무관심하고 서먹한 관계로 생각했던 진
운은 살짝 놀랐다.

레이나가 먼저 진운에게 명령이 아닌 질문을 하는 것은 처
음이었으니 말이다.

─난 마법이 특기지. 그리고 검은 마법을 좀 더 활용하기 위한 임시방편으로 배웠을 뿐이다. 그래서 내가 가르친 것 외에는 더 이상 네게 도움이 될 만한 것은 알려줄 것이 없다.

진운은 찔러도 피 한 방울 안 나올 것 같은 레이나의 말투에 그럼 그렇지 하는 생각을 했다.

마치 인조인간과 대화하는 것처럼 논리적인 것만 생각하는 레이나의 성격을 그동안 지겹도록 봐오지 않았는가.

─하지만 내가 살던 곳에서는… 드래곤을 죽이는 인간이 있었다.

"……!!"

답이 보이지 않는 진운의 머릿속이 갑자기 환해지면서 레이나를 똑바로 바라보자,

─기록상 겨우 세 명뿐이지만 분명히 인간이 드래곤을 죽인 적이 있다. 그리고 그 인간은 모두 검을 다루는 인간이었다. 어때? 조금은 도움이 되었나?

"……"

뭔가 더 바랐던 진운은 마치 설화를 이야기하는 듯한 레이나의 말투에 한숨을 내쉬었다.

─진운.

"응?"

─넌 아직도 모르고 있군.

“모르다니, 내가? 뭘?”

레이나는 그렇게 몸으로 겪고도 어떻게 저렇게 모를 수가 있는지 이해가 가지 않는다는 듯한 표정으로 진운을 똑바로 보더니,

―내가 가르친 호흡법, 그게 드래곤을 죽이는 열쇠다.

“호흡법?”

―내가 네게 가르친 호흡법은 모두 드래곤을 죽인 인간들이 사용한 호흡법이다. 그럼 같은 인간인 네가 못할 것도 없지 않나?

“설마…….”

진운은 몸에 힘을 불어 넣고 약간 더 강하게 해주는 것으로 생각했던 호흡법에 그런 역사가 있는 줄은 전혀 생각지도 못했다.

아니, 애초에 레이나가 호흡법의 효능과 용도를 설명해 준 적이 없으니 모르는 게 당연했다.

레이나는 일일이 납득시키거나 설명하는 성격이 아니었다.

그리고 사실 이런 상황이 아니라면 진운이 진작에 호흡법에 대해서 물어봐도 몇 번은 물어봤을 테지만 그럴 시간조차 없었기에 모르고 있었던 것이다.

―나는 인간이 아니라서 난 그 호흡법으로 강해질 수 없다.

하지만 넌 인간이니 당연히 강해지겠지. 안 그런가?

　마치 진운이 강해지는 건 당연한 일인 듯 말하는 레이나의 모습과 달리 진운은 잠깐 생각하는 듯하다,

　"잠깐, 레이나. 너, 인간이 아니라고?"

　―그렇다.

　"……"

　레이나의 뜻밖의 말에 진운은 천천히 레이나를 다시 살폈다.

　하지만 아무리 봐도 미치도록 예쁘고 상상을 초월할 만큼 몸매가 끝내준다는 거 외에는 누가 봐도 사람이었기에 고개를 갸웃거리자,

　―난 엘프다.

　"엘… 프?"

　레이나의 말을 듣고 진운은 헛웃음이 나왔다.

　드래곤에 이어 이제는 엘프까지 나타나다니 어이가 없었지만 그렇다고 부정할 수도 없었다.

　두 눈으로 드래곤을 똑똑히 봤으니 말이다.

　―이상한가?

　"엘프가… 진짜 있긴 해?"

　―지금 눈으로 보고 있는 난 존재감이 없나?

　"아니… 그게 아니라… 생각해 봐. 갑자기 '나 엘프요' 하

는데 누가 단번에 고개를 끄덕이면서 믿는다는 거지?"

─나는 믿는다.

"……"

상식적인 대화 자체가 불가능할 만큼 어이없는 레이나의 대답에 진운은 몸에 힘이 빠지는 느낌이 들었다.

그리고 엘프라니? 누가 그걸 믿겠는가? 진운은 도저히 믿지 못하겠다는 표정으로 레이나를 뚫어지게 쳐다보다가 문득 한 가지 생각나는 게 있어 말했다.

"그럼 엘프라면 귀를 보여줘."

드래곤도 나오는 판에 엘프라고 나오지 말라는 법은 없지만, 그래도 곧바로 믿을 만큼 진운이 순진하지 않다는 것도 어느 정도 이런 의심을 일으키기에 충분했다.

─귀?

뜬금없이 귀를 보여 달라는 진운의 요구에 레이나는 순순히 자신의 찰랑거리는 금발에 가려져 있는 귀를 손으로 쓸어 넘겨 보여줬다.

"나와 같잖아."

소설에서는 뾰족한 귀가 엘프의 특징이자 증명서와 같은 것이기에 물어본 것인데 레이나가 보여준 귀는 일반적인 사람의 귀와 같았다.

아니, 조금 더 예쁘다고 해야 하나?

　귀가 예뻐야 얼마나 예쁘겠는가마는 진운이 봤을 때 레이나의 귀는 예뻤다. 하지만 일반적인 사람의 것과 전혀 다른 점을 찾아볼 수 없다.

　"소설은 소설인가?"

　드래곤도 나오는 상황에 혹시나 하는 생각에 물어봤던 거라 크게 기대하지는 않았지만 막상 소설과 다르자 약간 실망했던 것이다.

　―귀가 다른가, 네가 살고 있던 곳에 하이엘프들은?

　"내가 살던 곳? 아니, 없어. 엘프는 상상 속에서나 존재하는 종족이거든."

　―상상 속? 멸종했다는 말이군.

　너무나 담담하게 말하는 레이나의 말투에 진운은 피식 웃어버렸다.

　일반적인 사고방식 자체가 통하지 않는 레이나와 대화를 하다 보면 정말 황당한 적이 한두 번이 아니었으니 말이다.

　지금도 진운이 자신의 존재를 의심하는 것을 당연하다는 듯 받아들이고 있다. 그런데 정작 의심을 받으면서도 그걸 해명하려고 하지 않는다.

　보통은 누군가에게 의심을 받게 되면 그걸 풀려고 하는 게 정상적인 반응이다.

　"기분 나쁘지 않아?"

―뭐가 기분 나쁘다는 건가?

아무렇지 않은 듯 말하는 레이나의 얼굴 표정은 정말 이유를 모르는 듯했다.

"내가 널 의심하는데 말이야."

―당연한 거 아닌가?

"당연… 하다고?"

―인간은 의심의 동물이지. 자신이 눈으로 보고 귀로 듣는 모든 것을 의심하고 파악하려고 하는 습성은 나도 잘 알고 있다. 하지만 난 엘프다. 엘프는 눈으로 보고 듣는 모든 것을 그대로 받아들인다.

"…그렇긴 하지."

진운도 레이나의 똑 부러지는 말에 굳이 변명하지 않았다.

사실 자신조차도 그러했으니 말이다. 드래곤의 존재를 눈으로 보기 전까지는 레이나를 믿기는커녕 호흡법을 가르친다는 구실로 구타한다고 이를 갈지 않았는가?

보기에는 레이나가 론을 희생시켜서 진운을 설득한 것이 전력상 쓸데없는 짓을 한 것 같지만 레이나로서는 어쩔 수 없는 선택이었다.

론이 아무리 강해도 결국 론도 마법으로 강해지는 마법적 생물이었다.

한마디로 몸에 닿는 모든 마법을 무효화시키는 드래곤에

게 론은 지금 눈앞에 있는 진운보다 못한 능력을 가지고 있는 것이다.

지금 론이 드래곤을 붙잡고 있는 것은 마법이 아니었다.

땅과 동화된 론이 땅이 굳어지는 성질을 받아들여 드래곤을 감싸고 나서 굳어버린 것으로 마법이 아닌 도플갱어인 론의 순수한 능력 중의 하나이기에 몸에 닿아도 무효화되지 않을 수가 있었다.

하지만 이런 방법은 치명적인 단점이 있었다.

바로 그렇게 굳어진 상태에서 드래곤을 공격하면 론도 같이 타격을 받는다는 것이다.

아니, 론이 1차로 가장 큰 피해를 받고, 드래곤은 2차 피해를 받아서 타격을 거의 주지 못한다고 해야 했다.

한마디로 도망치기용의 기술밖에 되지 않았다.

─난 너를 동료로 받아들였다. 그럼 의심하는 게 오히려 이상하지 않은가?

흠칫.

레이나의 말에 진운은 자신도 모르게 양심에 찔렸는지 몸을 잠깐 떨었다가 곧바로 자기가 얼마나 바보 같았는지 깨달았다.

레이나는 진운에 대해서 한 치의 의심이 없는 것이다.

진운이 레이나의 동료로 들어가겠다고 한 순간부터 레이

나는 진운에 대한 의심스러운 말투나 행동을 보인 적이 단 한 번도 없었다.

하지만 반대로 진운은 의심한다는 행동을 수도 없이 했다.

맹목적으로 진실을 알 수 있는 능력으로 상대를 완전히 믿는 엘프와 대화와 시간의 흐름에 따라 상대를 믿는 인간과의 너무나도 다른 가치관의 차이에서 비롯된 것이다.

하지만 레이나는 진운이 인간이기에 어느 정도 의심을 하는 것은 이해했고, 당연하다고 받아들였다.

그런데 오히려 그런 레이나의 행동이 진운의 의심을 키우는 촉매제 역할을 했으니 어쩔 수가 없었다.

말을 해주지 않는 상대를 무조건 믿는 건 진운에게 도저히 무리였으니 말이다.

"그러네. 동료로 받아들이면 의심하면 안 되지."

실패하면 레이나도 죽고 진운도 죽는 게 기정사실화되는 상황이다.

그런 상황에 상대를 의심한다는 것은 쓸데없이 신경만 분산되어 효율적이지 못했다.

다만 일체 설명 없이 레이나는 혼자 그걸 실행했고, 진운은 이제야 듣고서 깨달은 것이다.

―한 가지 더 말할까?

"뭘?"

─상상력을 버려라.

"상상력을 버리라니?"

뜻 모를 말을 하기에 진운이 고개를 갸웃거리면서 되물어 보자 잠깐 진운의 눈동자를 똑바로 바라보던 레이나는 잠시 동안 말없이 진운의 눈동자만 바라봤다.

그리고 한참 뒤에 천천히 입을 열었다.

─인간들은 앞으로 일어나지도 않았고 닥치지도 않은 일을 상상해서 걱정하지. 안 그런가?

"그거야 당연하잖아. 미래를 준비하는 거니까."

진운은 당연하다는 듯 말했지만 레이나는 오히려 웃으면서,

─인간의 수명은 길어봐야 70년에서 100년이지.

끄덕.

진운은 괜히 말을 끊을 것 같아서 대답 대신 고개만 끄덕였다.

─그런데 엘프는 천 년을 산다. 그리고 지금 내 나이는 365살이지.

"……."

솔직히 방금 그 말이 진운에게 와 닿지는 않지만 그래도 믿으려고 생각했다. 솔직히 저런 성격과 마법 능력을 가진 인간이 존재할 리 없으니 말이다.

─발전을 하기 위한 상상력은 당연히 인간에게 필요하지. 그리고 그런 상상력이 인간들에게는 살아가고 앞으로 나아가는 원동력이 맞아. 하지만……

갑자기 말을 흐리며 끊은 레이나가 진운의 손을 덥석 잡더니,

─너무 멀리 앞을 바라보면 지금 눈앞에 필요한 것을 보지 못하는 경우도 있다.

"무슨… 말이야, 그게?"

─난 인간이 아니기에 설명을 해서 상대를 이해시킨다는 개념이 뭔지 모른다. 그렇기에 이게 내가 해줄 수 있는 최선의 도움이다.

그 말을 끝으로 다시 고개를 돌려 허공에 떠 있는 마법진에 집중하기 시작한 레이나를 본 진운은 조용히 되돌아와 쇠기둥 앞에 섰다.

커다란 쇠기둥, 굵었고 칼로는 도무지 벨 가망성이 전혀 보이지 않는 그런 녀석이다.

실제로 진운이 몇 번을 도전했지만 결과적으로 쇠기둥을 베지는 못했으니 말이다.

그러다 슬쩍 고개를 돌려 레이나를 바라봤다.

정신없이 집중하면서도 양손은 언제나 바쁘게 허공을 휘젓고 있는 중이다.

그리고 레이나의 손이 한번 허공을 휘저을 때마다 허공에는 푸른빛의 동그란 마법진이 생겼다가 사라졌다를 반복했고, 어쩔 때는 두 개의 마법진이 서로 합쳐졌다가 부서지는 경우도 흔했다.

"노력하는구나."

진운은 그제야 자신뿐만이 아니라 레이나도 노력한다는 것을 알았다.

이미 괴물 같은 능력을 가지고 있지만 드래곤에게 마법은 천적에 가까운 상대였기에 어떻게든 조금이라도 더 강한 마법을 효율적으로 사용하기 위해 시도할 수 있는 모든 방법을 동원하고 있는 중이다.

"젠장! 꼴사납네, 내가 봐도 내 자신이."

왠지 레이나와 자신을 비교하면 이상하리만큼 자신이 바보 같다고 느껴져 진운은 다시 쇠기둥 옆에 준비되어 있는 검의 손잡이를 잡았다.

"어라?"

그런데 당연히 느껴져야 할 손바닥에 통증이 없었다.

그래서 잡았던 검을 놓고 손바닥을 쳐다보고는 피식 웃어버렸다.

핏자국 하나 없이 완벽하게 손바닥이 원래대로 돌아와 있었던 것이다.

아마 조금 전 진운의 손을 잡았을 때 레이나가 치료해 줬을 것이다. 그때 외에는 진운과 레이나가 접촉한 적이 없으니 말이다.

"난… 정말 바보구나, 바보야."

진운은 레이나의 그런 보이지 않는 행동 하나까지도 왠지 스스로가 보기에 부끄러웠다.

당장 자기에게 닥친 것을 해결하기 위해 다른 것은 전혀 신경 쓰지 못하고 있는 것과 달리 레이나는 최대한 여유가 닿는 대로 진운을 도와주고 있었으니 말이다.

"결국 나도 그냥 바보 같은 인간이었구나."

푸념과 같이 한마디 하면서 진운이 다시 검의 손잡이를 잡았다.

Chapter 08
마나의 적응

찌이이이잉!!

"……!!"

아무 생각 없이 그저 무의식적으로 검을 집었을 뿐인데 평소와 전혀 다른 느낌이 검으로부터 전해진 것이다.

그리고 갑자기 진운의 시야가 흐릿해졌다.

'뭐, 뭐지?'

마치 빠르게 돌아가는 원통 속에 있는 것처럼 주변이 늘어지듯 흐릿해지더니 온몸의 힘이 빠져나가기 시작한 것이다.

뚜둑, 뚝, 뚜두둑!

진운은 모르고 있지만 자신의 본질이 무엇인지 하나로 정의를 내리면서 스스로가 받아들이는 순간 몸에 변화가 찾아왔다.

일반적으로 이걸 깨달음이라고도 하지만 진운이 그걸 알 리 없었다.

레이나는 마법진을 허공에 그리다가 갑자기 뒤에서 엄청난 마나의 움직임이 느껴져 고개를 돌렸다. 검을 늘어뜨린 채 멍하니 서 있는 진운이 그곳에 있었다. 그녀는 놀라서 벌떡 일어났다.

—설마……!

마법을 사용하는 레이나의 눈에는 지금 진운의 몸을 휘감으면서 마치 진운을 보호하듯 마나가 회오리치는 것이 선명하게 보였다.

진운의 상황이 뭔지 레이나는 알고 있었다.

하지만 레이나가 이렇게 놀라는 이유는 바로 진운의 성장 속도 때문이었다.

검사가 아니기에 정확하게는 모르지만 마나가 진운의 몸과 동조하듯 회오리치면서 진운의 몸속으로 빨려들어 가고 있는 모습을 본 적이 있기에 놀라는 것이다.

—마스터가… 되었어.

레이나가 살던 세계에서도 마스터는 손에 꼽을 정도로 적었다. 천재가 어릴 대부터 호흡법과 수련으로 평생 수련해도 깨달음은 찾아올까 말까 한다.

어쩔 때는 100년이 넘게 대륙에서 마스터가 나타나지 않은 적도 있을 만큼 마스터에 오르는 게 힘들었다.

바벨의 탑에 들어오기 전에 엘프인 레이나는 운이 좋아 마스터에 오르는 과정을 한 번 본 적이 있다.

그리고 그때 마스터에 오르던 인간의 모습과 진운의 현재 모습이 너무나도 똑같았기에 이처럼 놀라고 있는 것이다.

진운에게 레이나가 호흡법을 가르친 지 아직 1년도 채 되지 않은 진운이 마나를 받아들인다는 건 절대로 있을 수 없는 일이었으니 말이다.

최소한 한계점인 2년이 다 되어가도 진운이 강해지지 않으면 자신이 마법을 난사하다 죽는 한이 있어도 무작정 드래곤과 싸워볼 생각까지 했던 레이나이기에 지금 진운의 각성은 놀라우면서도 한편으로는 믿어지지가 않았다.

이렇게 레이나를 놀래키고 있는 것과 달리 진운은 지금 몸의 뼈가 부서졌다가 다시 굳고 있다는 것을 전혀 모르고 있었다.

아니, 애초에 지금 자신의 눈앞에 보이는 이 모든 것이 신기하기만 한 상태였다.

[내 손을 잡아줘.]

‘누구?’

귓가에 속삭이듯 들리는 목소리는 마치 어린애가 앙탈부리는 것과 같은 느낌이었기에 진운은 고개를 두리번거리면서 찾으려고 애를 썼지만 찾을 수가 없었다.

[내 손을 잡아줘.]

‘누구니? 어떻게 손을 잡아주면 되니?’

너무나 간절히 원하는 것 같은 목소리에 우선 진운은 당장에라도 눈앞에 나타나면 잡아주리라 마음먹고 소리쳤지만 흐릿한 시야는 그 무엇도 구분하기 힘든 상태였다.

[고마워, 내 손을 잡아줘서.]

‘뭘… 내가 뭘 했다고…….’

진운은 손을 잡은 적도 없고 아무것도 해준 것이 없다.

하지만 보이지 않는 소녀는 고맙다는 말과 함께 사라져 버렸다. 목소리도 더 이상 들리지 않고 말이다.

그런데 그 시각, 진운이 소녀의 목소리를 듣는 것과 같이 진운의 몸을 휘감고 있던 마나가 한꺼번에 진운의 몸속으로 파고들기 시작했다.

처음에는 조금 스며드는 정도였다. 그런데 뭔가 계기가 있었는지 갑자기 엄청난 양의 마나가 진운의 몸으로 빨려들어가는 걸로 바뀌어 버린 것이다.

그리고 그 속도가 너무나 빠르고, 진운의 몸속으로 사라진 마나의 양도 너무 많았다.

―달라!

처음에는 진운이 깨달음을 얻어 마나에 둘러싸이면서 몸이 마나에 적응하는 모습이 마스터가 되는 과정처럼 보였기에 레이나도 우선은 지켜보고만 있었다.

그런데 전체적으로 상황은 같았지만 뭔가 미묘하게 조금씩 변하더니 급기야 허리케인처럼 주변의 마나를 거침없이 빨아들이기 시작한 것이다.

그리고 얼마나 강하게 빨아들이는지 레이나가 수련을 위해 허공에 만들어 놓은 마법진이 부서지더니 마나로 변환되어 버렸다. 그것마저도 진운의 몸속으로 빨려들어 가고 있었다.

―너무 많아!

레이나는 마나가 뭔지 누구보다 잘 알고 있었다.

마나란 본래 세상의 근본과 같은 것으로, 절대적인 위치에 있는 구성 중의 하나였다.

생명의 기본이 되기도 하는 것이 마나로, 마나 자체로는 아무것도 아닌 존재일지 모르지만 그걸 변환하거나 사용할 줄만 알면 마나만큼 강력한 것이 또 없기도 했다.

하지만 뭐든지 넘치면 모자람만 못하는 법이다.

지금 레이나의 눈에 진운의 몸속으로 빨려들어 가고 있는 마나는 많아도 너무 많았다.

빨려들어 가는 속도도 너무 빨랐다.

인간이 수용할 수 있는 마나의 한계는 분명히 존재했다. 마나와 친화력이 남다른 엘프인 레이나도 현재 진운이 받아들인 마나의 1/10도 받아들이지 못했다.

그런데 진운은 이제 막 마스터의 경지에 오르면서도 벌써 레이나가 가지고 있는 마나의 한계를 몇 십 배나 넘어서고 있기에 걱정할 수밖에 없었다.

만약에 이대로 받아들이기만 한다면 인간의 몸인 진운의 몸이 견딜 수가 없을 것이 뻔하니 말이다.

―어쩌지.

마스터로 각성하는 과정 중에 가장 중요한 마나를 받아들여 몸이 적응하는 단계에서 예상 밖으로 진운이 많은 양의 마나를 받아들이고 있고, 지금도 계속 이어지고 있자 레이나는 어떻게 해야 할지 고민했다.

깨달음이란 원한다고 해서 오는 게 아니었다.

그건 레이나도 알고 있었다.

마법이나 검술이나 결국 끝은 같다는 게 대륙의 정설이었고, 레이나도 마법의 단계가 어느 정도 수련으로 올라가다 막혔을 때 깨달음을 받은 적이 있었기에 지금 진운의 단계가 얼마나 중요한지 잘 알고 있긴 했다.

하지만 마나를 받아들이는 지금도 진운의 몸은 껍질이 벗겨졌다 빠르게 재생하기를 반복하고 있는 중이었다.

그 말은 현재 진운의 몸이 받아들인 마나를 모두 몸이 적응하는 용도로 사용하고 있다는 말이다.

하지만 일반적으로 한 번만 마나에 적응하면 몸의 껍질이 벗겨지는 것은 멈췄다.

그리고 그게 멈추면 적응하기 위해서 받아들인 마나 중에서 많은 양이 다시 날아가 버렸다.

일부만이 몸에 남아 주변의 마나를 끌어들이는 촉매재로 사용될 뿐이었으니 말이다.

—…….

하지만 진운은 지금 벌써 세 번이나 껍질이 벗겨지고 뼈가 다시 재생되는 과정을 겪고 있는 중이다.

그만큼 마나를 받아들이는 양이 상상을 초월하고 있었기에 레이나도 쉽사리 어떻게 해야 할지 판단을 내리지 못하고 있는 것이다.

지금 진운을 건드리면, 조그마한 실수에도 진운의 몸이 순식간에 마나와 완전 동화되어 허공으로 사라질 수도 있었다.

현재 진운의 몸의 세포 하나하나가 모두 마나와 동기화되어 있는 상태이기에 얼마든지 허공으로 사라지는 게 가능했다.

─기다려야겠지.

진운의 몸이 세 번째 껍질을 벗고 다시 재생되는 과정을 지켜보던 레이나는 결국 그냥 지켜보는 걸로 결정지어 버렸다.

만약 받아들인 마나를 감당하지 못하고 죽거나 육체가 마나로 변해 사라져 버린다면 그건 진운의 운명인 것이다.

그와 동시에 레이나 자신도 드래곤과 혼자 결판을 내야 한다.

물론 마법이 주 스킬인 레이나가 드래곤과 싸워서 죽을 확률은 100%였다.

그만큼 드래곤의 몸이 가지고 있는 마법 무효화 능력은 압도적이다.

저벅저벅.

레이나는 자신이 그렇게 결정을 내리자 진운의 일정 거리까지만 다가가다 멈췄다.

피부가 벗겨지면서 근육이 드러나고, 드러난 근육이 찢어졌다 다시 부풀어 오르면서 탄탄하게 변했다.

그리고 새로 부풀어 오른 근육 위로 피부가 피어오르면서 이전에 진운과는 완전히 다른 모습으로 바뀌었다.

─멈췄군.

끝없이 마나를 빨아들일 것 같던 진운의 몸이 세 번째 완전한 마나 적응이 끝나자 점차 느려지더니 곧 멈췄다.

“후후… 하… 하… 하…….”

완전히 무아지경에 빠져 있는 진운이었지만 무의식적인지 레이나가 가르쳐 준 호흡법을 처음부터 계속 유지하고 있었다.

이 호흡법은 평범한 인간을 마나의 축복을 받은 존재로 바꿔준다고 알려져 있다. 세계가 다르기에 이 세계의 인간에게도 통할까 걱정하며 알려준 레이나였지만, 역시나 예상대로 그 효과는 동일했다.

다만 대륙과 달리 너무나 빠른 습득과 함께 마나로 몸이 터져 버릴지도 모른다는 걱정을 할 만큼 마나를 빨아들이는 게 진운에게는 조금 다른 현상이긴 했다.

하지만 다행히 세 번이나 연달아 마나에 적응하는 몸으로 변한 진운이 버텨주었기에 레이나는 입가에 미소를 지었다.

스르륵.

허공에 떠 있던 진운의 몸이 마나의 움직임이 완전히 멈추자 천천히 바닥으로 내려앉았다.

발이 바닥에 닿자 갑자기 실이 끊어진 인형처럼 그대로 바닥을 향해 쓰러지려는 순간,

탓!

레이나의 몸이 빠르게 진운의 곁으로 가더니 부드럽게 넘어지는 진운을 양팔로 안 듯 붙잡았다.

토닥토닥.

진운을 안아 든 레이나는 아직도 깨어나지 못하고 있는 진운의 잠든 얼굴을 잠시 보다가 그의 등을 손으로 가볍게 두드리더니,

—수고했다.

깨어나지 않은 진운은 듣지 못하겠지만 레이나는 살며시 그렇게 속삭였다.

지금까지의 레이나의 행동으로 보아 절대로 이런 모습은 상상조차 못할 테지만 진운이 기절하거나 안 볼 때만 나타나는 모습이다.

살며시 그를 안아 든 레이나는 침대로 가더니 조용히 눕히고, 옷도 전부 찢어진 나체를 꼼꼼하게 살펴보기 시작했다.

—근육과… 키, 몸의 밸런스가… 최상으로 변했구나.

사실 마스터에 오르는 모습을 보긴 했지만, 실제로 마나의 적응을 끝낸 사람의 몸을 이렇게 가까이서 자세히 보는 것은 처음이다.

대륙에서도 우연히 인연이 닿아서 본 적은 있지만 끝나자마자 기사들이 둘러싸더니 뭔가에 둘둘 말아서 사라져 버렸기에 얼마나 변화하는지는 몰랐던 것이다.

물론 레이나가 검사였다면 자신도 깨달음으로 몸이 변했겠지만 레이나는 안타깝게도 마법사이기에 마법의 적응과 동

기화되는 능력이 압도적으로 늘어날 뿐 몸에는 크게 변화가 없었다.

어차피 이미 인간이 넘볼 수 없는 최상의 미모와 몸매를 가지고 있으니 변해봐야 크게 다를 것은 없지만 말이다.

하지만 진운은 완전히 달라져 버렸다.

얼굴의 윤곽은 대충 알아볼 수 있지만 골격과 근육이 완전히 바뀌어 버렸고, 무엇보다 왼쪽으로 심각하게 기울어져 있던 몸의 균형이 완벽하리만큼 딱 맞게 바뀐 것이 눈에 띄었다.

―균형이 완벽하다면 가능하겠네.

사실 진운에게 쇠기둥을 베어버릴 수 있는 힘이 어느 정도는 있었다.

하지만 평범하게 살아오면서 몸의 균형이 기울어져 버린 것을 본인 스스로는 모르지만 레이나는 첫눈에 보고 알아챈 것이다.

검이란 언제나 균형이 맞아야 하는 법이다.

특히나 검을 휘둘러 무언가를 벨 때는 약간의 흐트러짐도 전부 충격이 되어 검으로 집중되는 경우가 너무나 흔했다.

일반적으로 검도의 고수들이 대나무를 벨 때 아무리 잘 드는 진검이라고 해도 무작정 휘두르면 되려 진검이 부러지는 경우가 많았다.

그건 대나무를 베는 순간, 검과 대나무가 부딪치는 그 찰나의 순간에 검이 흔들려서 그렇다.

이럴 경우 검이 흔들리는 것은 당연했다.

거기다 진검을 베는 속도는 실력에 따라 웬만한 총알보다 빠른 편이었으니 속도와 강해지는 힘이 비례한다는 공식을 생각하면 검이 빠르게 대나무를 베려고 할수록 검에 가해지는 힘이 강해진다는 결론이 나온다.

하지만 이렇게 짧은 순간이지만 대나무를 베어버리기 위해 검이 대나무를 파고들고 나서 약간이라도 몸이 틀어져 버리면 아무리 약한 대나무라도 진검을 부러뜨릴 수 있었다.

사실 진검으로 대나무를 벨 때 검을 부러뜨리는 것은 대나무의 힘이 아니다.

오로지 검의 속도로 인해 가해진 힘이 모두 검으로 되돌아가서 부러지는 것이다.

하다못해 대나무조차도 몸의 균형이 약간만 비틀려도 허무하게 검이 부러지는데 쇠기둥은 오죽하겠는가?

―깨어나면 볼 만하겠군.

마나의 축복이라는 이름을 가지고 있는 호흡법을 무려 한 달 만에 습득해 버리고, 그걸 무의식중에 자연스럽게 사용하는 것부터가 이미 레이나가 알고 있는 기존의 모든 상식을 뒤집는 것이었다.

―대륙에서 말하는 천재일지도…….

대륙에서는 마나의 축복이란 호흡법을 얼마나 빠르게 익히느냐로 앞으로 마스터가 될 자질이 어느 정도인지 가늠한다.

호흡법을 빠르게 익히면 익힐수록 몸이 그 호흡법에 빠르게 적응한다는 결론이기에 빠르게 몸이 적응하는 것만큼 몸이 마나의 적응을 받아들이는 기간이 짧아질 수밖에 없다.

일반적으로 태어나면서부터 기사의 교육을 받고 여러 가지 제약이 많은 대륙의 사람들은 오로지 무식하게 검만 휘둘러서 마스터의 길에 오를 수 있다는 맹목적인 믿음이 있었다.

그리고 레이나도 사실 대륙에서 나고 자랐으니 검을 휘둘러서 마스터에 오르는 게 당연하다고 생각하긴 했다.

하지만 그건 하나에 집중할 수 있는 커다란 계기가 되기도 했지만, 반대로 그만큼 다른 것을 바라볼 수 없게 생각과 시야를 막아버리는 커다란 장애물이기도 했다.

하지만 진운에게는 그런 게 없었다.

검이라고는 어릴 때 검도 배울 때 죽도 잡아본 게 전부고, 인생에 검이란 그저 몸을 건강하게 하면 된다는 운동쯤으로 생각하고 있었으니 말이다.

다만 너무나 특수한 경험을 하면서 감정의 기복을 많이 겪었고, 특이한 생각과 함께 모든 것을 직관적으로 바라보고 의심하지 않는 특이한 성격의 레이나를 보니 자신을 되돌아보는 계기가 되었다.

그렇게 우연히 자신이 그저 인간이라는 결론에 도달한 것이다.

인간의 본질은 결국 인간이다.

그 이상도 그 이하도 아닌 것 말이다.

만물의 영장이라고 떠드는 교만에 찬 그런 인간이 아니라 순수하게 자신이 인간이라는 것이 무엇인지 생각이 아닌 가슴으로 느꼈고, 그런 진운의 생각의 트임이 마나를 불러들이는 계기가 되었다.

정말 우연과 우연이 겹쳐서 생긴 것으로, 레이나가 보기에는 희대의 천재로 보일지도 모르지만 정장 진운 본인은 자기가 어떤 기연을 얻었는지 전혀 모르고 있을 것이다.

＊　　　＊　　　＊

"침대인가?"

진운은 깨어나자마자 일어나다가 자신이 왜 실오라기 하나 걸치지 않은 채로 침대에서 자고 있는지 곰곰이 생각해 봤다. 하지만 아무리 생각해도 도무지 이유를 알 수가 없었다.

거기다 레이나도 반대편 침대에서 자고 있다.

“옷이네.”

아무리 그래도 실오라기 하나 걸치지 않은 나체로 침대를 벗어나기가 좀 그랬던 진운은 걸칠 만한 것을 찾기 위해 본능적으로 고개를 돌리다 침대 머리맡에 허름하긴 하지만 움직임이 편해 보이는 옷 한 벌이 있는 걸 봤다.

“……?”

처음 보는 옷이 자신의 침대 머리맡에 있자 주변을 둘러보다 레이나를 한번 보고는,

“설마… 저… 얼음녀가?”

악마 같은 년에서 얼음녀로 바뀌었으니, 나름 장족의 발전이긴 하다.

자기 침대 머리맡에 있으니 입어도 상관없겠지 하는 생각에 옷을 입기 위해 일어선 진운은 바지를 입어보고는 뭔가 이상한 것을 느꼈다.

옷을 입으려고 고개를 숙이는 순간 자신의 배에 그려진 선명한 왕(王) 자 형태의 복근을 본 것이다.

거기다 자신의 팔과 허벅지 근육도 눈에 들어왔다.

누군가 조각을 한 듯 선명하게 그려진 자신의 근육을 보던 진운은 급히 고개를 흔들면서,

“내가 그동안 미친 듯이 걷어채이고 검을 휘둘러서 이렇게 몸이 변했나 보네.”

그동안 개고생 한 걸 생각하면서 나름대로 대충 납득해 버렸다.

사실 진운이 그렇게 생각할 수밖에 없는 것도 나름 이유가 있었다.

지금까지 레이나가 클린 마법으로 씻겨주고 세탁까지 모두 해결해 주니 굳이 옷을 벗을 필요가 없어서 레이나를 만난 이후로 옷을 벗은 적이 없었다.

그러니 자신의 몸이 어떻게 변했는지 눈으로 보지 않는 이상 본인은 알 리가 없었고, 오늘 처음으로 이곳에 와서 자기 몸을 본 진운은 그동안 개고생 해서 생긴 근육쯤으로 가볍게 생각해 버렸다.

하지만,

"내 다리가 이렇게 길었나?"

사실 진운의 다리는 그렇게 짧은 다리도 아니지만 그렇다고 긴 다리도 아니었다. 지극히 평범한 한국 남자의 다리 길이라고 할 수 있었다.

그런데 처음에 침대 머리맡에 놓인 바지를 입기 위해 펼쳤을 때 첫 느낌이,

'바지가 엄청 길다.'

마치 키다리아저씨 전용으로 만들어진 듯한 긴 바지를 생각하면서 나중에 접어서 입어야겠다고 대충 넘기고는 바지를

입었는데 어찌 된 게 딱 맞았다.

마치 자로 잰 듯 딱 맞는 바지를 보고는 고개를 갸웃거리던 진운은,

"뭐 잘못 봤나?"

자기 몸이 변했을 거라고는 전혀 생각지도 못했다.

사실 자고 일어났더니 키가 커지고 몸의 근육이 완벽하게 자리 잡고, 무엇보다 얼굴이 눈에 띄게 변했다는 것을 바로 알 수는 없었다.

대륙의 기사들처럼 마스터라는 존재를 알고 있었다면 진운은 아마 깨어나자마자 하늘이 떠나가라 소리치고 좋아했겠지만 말이다.

스윽.

옷을 다 입은 진운이 일어섰다.

'몸이 가볍네?'

몸의 근육뿐만이 아니라 침대에서 일어섰을 때 어제까지만 해도 느껴지는 몸의 피곤이 전혀 느껴지지 않았다.

무엇보다 일어서는데 마치 무중력 상태에서 몸을 움직이는 것처럼 가벼웠다.

"푹 잤나 보네."

하지만 이것도 잠을 잘 자서 그런가 보다 하고 생각했다.

모르는 게 약이라는 말이 진운에게는 적용되고 있는 것

이다.

자신이 어떤 기연을 얻었는지 전혀 모르고 있기에 평정심을 유지할 수 있고, 자신의 몸이 어떻게 변했는지 전혀 느끼지 못했기에 처음 자신이 깨달음을 얻었던 것과 같은 인간의 본질에 대한 변화가 없었다.

레이나도 모르고 있었지만 마스터의 숫자가 극도로 적은 이유는 사람들은 모르는 최후의 과정이 하나 남아 있기 때문이다.

마나의 적응을 몸이 끝내고 본격적으로 인간의 능력을 벗어난 힘을 사용할 수 있는 능력을 얻게 된 사람들은 과연 어떻게 변할까 하는 걸 생각해 본 사람은 아마 없을 것이다.

그리고 일반적으로 마나의 적응을 끝내면 마스터로 올라가는 모든 과정이 끝났다고 생각하는 사람들이 대부분이지만 마나의 적응을 끝낸 사람만이 느낄 수 있는 최종 시험과 같은 과정이 남아 있다는 것을 아는 사람은 극히 일부분에 불과했다.

마스터로 올라서고, 몸이 마나의 적응을 끝내고 가장 처음 깨어났을 때 대륙의 기사들은 그 누구보다 기뻐하면서 빨리 자신의 힘을 시험해 보고 싶어한다.

그리고 인간의 틀을 벗어난 초인이 된 것에 대해서 너무나 기분이 흥분된 나머지 자신이 마스터로 올라가게 된 계기가 된 깨달음을 잊어버리는 경우가 많았다.

이런 과정은 몸이 마나에 적응만 한 단계에서 벌어진다. 그리고 일반적으로 몸이 재구성되는 것은 마나를 받아들이고 사용하기 위한 몸의 적응 단계에 불과했다.

그리고 정말 가장 중요한 마나를 자신의 몸으로 끌어들여 사용하는 단계가 남아 있는데 이때 필요한 게 바로 처음 자신을 이끌어준 깨달음을 간직한 본인의 마음가짐이었다.

마나는 처음에 자신을 끌어들인 그 깨달음을 따라 다시 모여들게 되는데 그걸 잊어버리게 되면 몸만 초인이 된 반쪽자리 마스터가 되어버리는 것이다.

한마디로 이것도 아니고 저것도 아닌 어중간한 초인이 되어버린다.

그래도 몸이 마나에 적응했기 때문에 어느 정도의 마나가 몸에 남아 있어 마스터의 능력인 오러 블레이드(마나의 검)를 사용할 수는 있지만 극히 제한적일 수밖에 없었다.

진정한 마스터는 마나의 제한이 없어야 했다.

몸이 마나를 끌어들여 사용하는 데 완전히 적응을 마쳤는데 마나가 제한이 있다는 것 자체가 모순이었으니 말이다.

이렇게 진운은 모르는 게 약이라는 말 그대로 몰랐기에, 일어나자마자 쇠기둥 앞에 서면서도 마음은 평온 그 자체였다.

"어라?"

쇠기둥 앞에 섰을 때 진운은 뭔가 눈높이가 약간 이상하다
는 느낌을 받았다. 하지만 애초에 쇠기둥의 높이가 높았기에
자신의 키가 큰 것을 몰랐다.

거울이 있는 것도 아니고 키를 잴 만한 다른 무언가가 있는
것도 아니었으니 알 턱이 없었다.

보통은 본래 입던 옷을 입고 나서 작아진 것을 계기로 알게
되지만 옷까지 진운의 변한 몸에 딱 맞게 레이나가 준비해 줬
으니 말이다.

달그락.

언제나 준비되어 있는 쇠기둥 옆에 검을 집어 든 진운은 어
제와 달리 쇠기둥을 바라보는데 이상하게 마음이 편했다.

'왜 이리 편안하지?'

뭐랄까, 그냥 휘두르면 쇠기둥을 베어버릴 수 있을 것 같은
기분이 들었다.

어제 무아지경에 빠졌던 것 자체를 잊어버린 듯 자신의 이
런 변화가 너무나 낯선 진운은 평소라면 검을 잡자마자 힘껏
쇠기둥을 후려쳤을 테지만 이번에는 가만히 검을 집어 든 채
로 만지기만 했다.

분명히 진운은 스스로도 뭔가 변한 것을 어렴풋이 눈치채
고는 있었다.

하지만 딱 꼬집어서 뭐가 변했는지 알 수 있는 방법이 없으

니 꺼림칙한 기분으로 망설이고 있는 것이다.

그러다 문득 손에 들고 있던 검의 검면에 비춰진 자신의 얼굴이 단편적으로 눈에 들어왔고,

"……?"

자기 얼굴은 누구보다 자기 자신이 잘 아는 법이다.

그런데 검에 비춰 보인 자기 얼굴이 어딘가 좀 달라 보였다.

거울처럼 선명하게 비춰지는 것은 아니지만 사용한 적이 없는 새것의 검 면은 어느 정도 얼굴을 알아볼 수 있을 정도는 되었는데, 그곳에 비춰진 자기 얼굴이 낯익기도 하면서도 왠지 낯설게 느껴진 것이다.

"도대체… 내가 잠들기 전에 무슨 일이 벌어진 거지?"

느닷없이 맞이한 깨달음과 함께 무아지경에 빠진 진운은 뜻하지 않게 너무나 많은 마나를 받아들여 어제 자신이 어떤 일을 겪었는지 기억이 나지 않았다.

"레이나가 깨어나면 물어봐야 하나."

이곳에 진운과 레이나 단둘뿐이니 자기가 모른다면 레이나라면 알 것이라는 생각에 대충 넘겨 버리고는 살짝 머리를 흔들고 나서 눈에 힘을 줬다.

"베어버릴 수 있을 것 같아. 왠지 그런 기분이 든단 말이야."

　막연히 눈앞에 쇠기둥이 더 이상 자신에게 장애가 되지 않는다고 느낀 진운은 평소와 달리 검을 한 손으로 잡고 손아귀에 적당한 힘을 주었다. 호흡은 자연스럽게 레이나가 가르쳐 준 호흡법으로 연결됐다.

　찌이잉~

　호흡법이 바뀌자 갑자기 진운 자신도 모르게 몸에 작은 공명이 울리면서 주변의 마나를 끌어당기기 시작했다.

　방금 진운은 자신이 마나를 받아들여 그 마나의 힘을 사용한다는 것도 느끼지 못할 만큼 자연스럽게 검을 대각선으로 휘둘렀다.

　휘릭~

　스컹!!

　별것 아닌 힘이었다.

　그저 그냥 그런 기분이 들었기에 별 기대도 없이 자연스럽게 검을 휘둘렀을 뿐이지만 그 가벼운 검날에 지금까지 흠집조차 나지 않던 쇠기둥이 두부 썰리듯 쉽게 잘려 버렸다.

　끼이이이익!

　쿵!!

　쇠기둥이 사선으로 벌어지더니, 윗부북이 주르륵 미끄러져 떨어져 내렸다.

　그걸 멍하니 바라본 진운은 자신이 방금 뭘 했는지 이해가 가지 않는다는 듯 멍한 눈으로 잘린 쇠기둥과 검을 번갈아 쳐다보았다.

짝짝짝!!

그때 누군가가 뒤에서 박수를 쳤다.

진운은 흠칫 놀라며 뒤를 돌아보았다.

언제 일어났는지 레이나가 그를 향해 미소를 지으며 박수를 치고 있었다.

─축하한다.

레이나는 진운이 한 손으로, 그것도 별다른 힘을 들이지 않고 너무나 쉽게 쇠기둥을 자르는 모습을 지켜보았는지 만족한 표정이다.

"뭘… 축하한다는 거야?"

─강해졌으니까.

"내가?"

─그래. 넌 이제 나와 거의 비등할 만큼 강해졌으니까 축하하는 거다.

"……"

박수치면서 축하해 주는 레이나와 달리 진운은 고개를 갸웃거렸다.

어제만 해도 분명히 쇠기둥 앞에서 골머리를 썩고 있었던 것이 지금도 선명하게 떠오르는데 자고 일어나니 완전 바뀌어 버린 것이다.

―아직도 깨닫지 못했나 보군.

"뭘?"

진운의 눈동자를 바라본 레이나는 자신이 어떤 존재로 변했는지조차 인식하지 못하고 있는 진운의 모습에 씨익 웃더니,

―미러(Mirror).

진운의 정면에 커다란 푸른빛이 그려지더니 곧 선명한 거울이 나타났다.

그리고 그 미러 이미지에 비춰진 자신의 모습을 본 진운은,

"헉!!"

화들짝 놀라더니 몇 발 뒤로 물러나기까지 했다.

"이게… 나?"

―그럼 이곳에 다른 사람이 있나?

"하지만… 난 이렇게… 멋지게 생기지 않았는데?"

진운은 자기가 봐도 너무 달라져 버린 모습에 멍하니 거울만 뚫어져라 바라보고 있는 중이다.

레이나도 이번만큼은 진운이 놀라서 멍한 모습을 해도 가만히 있었다.

본래 한평생 검을 잡은 이들이 원하는 경지를 진운은 불과 1년도 채 되지 않는 시간에 이룩한 것이다.

호흡법을 받아들이는 시간이 빠를수록 마스터에 오르는 기간도 짧아진다. 그러한 대륙의 전설을 그림으로 그린 듯이 실현해 낸 진운인 것이다.

다만 너무 빨라서 그런지 정작 마나를 자기 것으로 완전히 다룰 수 있는 완벽한 마스터에 오른 진운 본인은 외모가 변했다는 것만으로도 저렇게 호들갑을 떨고 있었다.

사실 레이나는 진운이 깨어났을 때 이미 같이 일어났다.

숲에 살면서 감각이 예민한 레이나가 진운이 깨어난 것을 모를 리가 없다.

하지만 어리둥절하면서도 자기가 어떻게 변했는지조차 인식 못하고 있는 진운의 행동을 보고는 잠시 지켜보기로 한 것이다.

물론 레이나가 같이 일어나 설명했다고 해도 마스터가 뭔지도 모르는 진운이 알아들을 리도 없지만 말이다.

하지만 그런 설명을 듣지 않아서 오히려, 진운은 깨달음을 얻었을 때와 마찬가지의 마음가짐으로 주변의 마나를 끌어들여 사용하면서 비로소 완벽하게 마스터가 되었다.

정말 몰라서 행운을 완전히 거머쥔 경우라고 해도 과언이 아니었다.

―확실히 전보다 보기 좋아진 건 맞다.

"……"

누가 봐도 훈남인 외모까지 얻어서 진운은 괜히 기분이 좋아졌다. 그러나 그러한 레이나의 말에 그 기분이 단번에 꺾여 버렸다. 그는 슬그머니 거울에서 눈을 돌렸다.

사실 아무리 잘나봐야 레이나에게는 인간의 외모는 다를 게 없었다.

인간의 본질을 먼저 알고 상대를 가늠하는 엘프에게 잘생겼든 못생겼든 그건 아무 상관이 없었으니 말이다.

하지만 진운은 멋지게 변한 자신을 보고 치솟던 자신감이 한순간에 꺼지는 경험을 해야만 했다.

—이제 쇠기둥은 아무런 장애가 되지 않겠군.

처음 마나에 적응한 몸이 주변의 마나와 공명해서 사용하면 그 후에는 얼마든지 마음대로 자신의 마나가 아닌 외부의 마나를 사용할 수 있다.

레이나는 곧바로 잘린 쇠기둥을 치워 버리고는 다른 것을 꺼내 진운 앞에 내밀었는데,

"철판?"

은색을 띠고 있고, 무엇보다 그 모양이 마치 부채 모양으로 생긴 것이 조금 특이했다.

거기다 더 단단한 것을 꺼낼 것으로 생각했던 진운의 기대와 달리 겨우 손가락 마디 하나 정도 될 법한 두께밖에 되지 않는 것이다.

―본래 몇 가지 단계를 더 거치려고 했는데…….

물끄러미 진운의 쳐다보던 레이나는 씨익 웃더니,

―바로 이걸로 연습해도 될 것 같아서 꺼냈다.

"뭐길래?"

마치 지금까지 했던 훈련의 끝판왕을 내놓고 말하는 것 같은 레이나의 말투에 진운은 무슨 철판 따위가 대단하다고 그러냐는 듯 한마디 했다.

―드래곤 스케일.

"…헉!!"

레이나가 한 말을 잠시 생각하던 진운은 이내 말뜻을 이해하고는 동그랗게 눈을 떴다.

"설마, 드래곤의 비늘이라고?"

―그래. 우리가 앞으로 싸워야 하는 녀석의 비늘이자, 진운 네가 뚫고 찔러 넣어야 하는 드래곤의 갑옷이다.

"이걸… 어떻게……."

판타지 소설에서 나오는 드래곤의 비늘은 정말 말도 안 되는 사기적인 아이템이다.

어느 정도 과장이 있겠지만 확실히 드래곤이라는 존재 자체가 가지는 의미를 생각하면 드래곤의 비늘이라는 것도 평범하지 않은 것은 확실했다.

거기다 자신이 죽여야 하는 드래곤의 비늘이라면 더없이

좋은 훈련 아이템이다.

레이나는 진운에게 한 가지 요구를 했다.

—이걸 베지 말고 찔러 넣는 연습을 해야 한다.

"찌르기?"

—그래. 그리고 찔러 넣고 나서 너의 모든 힘을 검에 집중하고 그걸 일격에 폭발시켜야 하는 과정이 남아 있지만, 우선 드래곤 스케일을 뚫고서 검을 쑤셔 넣을 수 있는 실력을 키우는 게 먼저다.

"…폭발시켜?"

도무지 무슨 말을 하는지 모르겠다는 진운의 반응에 레이나는 결국 또 입을 열어 설명을 해야 했다.

마나가 뭐고, 지금 이렇게 모습이 변한 게 어떻게 된 거고, 그래서 지금 진운은 레이나가 살던 곳에서 모두가 초인 중의 초인으로 우러러보는 마스터가 되었다는 것까지 장장 30분이 넘게 침을 튀기면서까지 설명을 한 레이나는 이렇게 길게 이야기한 게 오랜만인지 의자에 앉아서 쉬기까지 했다.

반면 진운은 레이나의 말을 듣고 멍하니 생각을 정리하는 중이었다.

"마스터… 초인… 마나… 내가 변한 것……."

갑자기 판타지 소설의 주인공이 된 듯한 상황을 듣고 멍하니 먼 곳만 바라보던 진운은 천천히 눈동자에 생기가 돌아오면서 레이나를 바라봤다.

"레이나."

―말해라.

"레이나가 나에게 원했던 강함이 이런 거였어?"

―맞아, 마나를 먹고사는 드래곤을 상대로 상처를 입히고 타격을 줄 수 있는 유일한 방법은 마나를 사용하는 거다. 하지만 난 마법사이기에 마나를 변환하는 능력밖에 없지. 하지만 진운 넌 달라. 드래곤 스케일을 뚫고 검을 통해 드래곤의 몸속으로 마나를 집어넣어 폭발시킨다면 무조건 드래곤은 죽는다.

"하하하, 그럼 난… 드래곤 슬레이어가 되겠군."

소설의 영웅들이 자주 애용하는, 유명해지는 정석 코스 중에 하나가 바로 드래곤을 잡아서 드래곤 슬레이어라는 명성을 얻는 것이다.

물론 진운은 그런 명성이 아니라 오로지 탈출해 살아남기 위해서 드래곤을 죽여야 하지만 말이다.

그런데 진운과 달리 레이나는 자조적으로 웃으면서 진운을 쳐다보더니,

―그런 기쁨은 드래곤을 죽인 다음에 느껴도 늦지 않아.

"……"

절대로 기분 좋은 소리 한번 하지 않는 레이나의 말투에 진

운도 곧 표정이 원래대로 돌아오더니 씨익 웃었다.

사실 레이나가 입에 발린 소리를 하리라고 전혀 생각지도 않았으니 말이다.

―그럼 시작해라. 난 지금부터 너를 드래곤의 머리까지 안전하게 데려다 주는 방법을 생각하겠다.

꾸욱!

레이나의 말에 진운은 가볍게 주먹을 말아 쥐고는,

"좋아, 나만 믿어. 그 빌어먹을 도마뱀 대가리에 검을 쑤셔 박아줄 테니까."

―후후후훗, 기대하고 있겠다.

뭔가 비웃는 듯하지만 진운은 이제 더 이상 레이나의 저런 웃음이 기분 나쁘지 않았다.

레이나의 입과 함께 눈도 웃고 있는 것을 확인했으니 말이다.

입만 웃으면 비웃는 것이지만, 눈과 입이 함께 웃는 거라면 그건 정말 기대하고 있겠다는 말이다.

그리고 초인이 된 진운의 눈썰미는 그 정도는 아무렇지 않게 알아챌 만큼 빠르고 정확하게 바뀌어 있었다.

거기다 자신이 드래곤을 죽일 수 있는 힘을 가지고 있다는 것도 자신감을 불어넣는 데 커다란 계기가 되었다.

막연히 드래곤을 상대해야 한다는 압박감으로부터 벗어난

것이다.

드래곤을 죽일 수 있는 방법과 능력이 있는 것과, 막연히 드래곤과 싸워야 한다는 두려움의 차이는 그 끝을 알 수 없을 만큼 컸다.

"이까짓 드래곤 스케일, 뚫어준다. 무조건 뚫고 탈출할 테니 두고 봐라!"

그리고 방금 쇠기둥을 베어버린 검을 고쳐 잡고는 우선 어릴 때 배운 검도의 찌르기 자세로,

"후우움… 후… 움……."

천천히 호흡을 하자,

찌이이잉!!

호흡과 동시에 진운의 몸속에 있던 마나와 주변의 마나가 공명을 했다.

그리고 공명을 일으킨 진운 주변의 마나는 자연스럽게 진운의 몸속으로 들어와 진운의 온몸을 활성화시켰다.

세포 하나하나가 마나를 품게 되면서 완전히 달라진 것이다.

"하압!"

텅!!

미끌~

"어라?"

기세 좋게 드래곤 스케일을 향해 힘차게 찔러 넣은 것까지는 좋았다.

그런데 막상 드래곤 스케일을 향해 기세 좋게 찔러 넣었는데 튕기는 것도 아니고 미끄러져 버렸다.

그 때문에 자세가 좀 우습게 바둥거리긴 했지만 넘어지지는 않았다. 그만큼 몸의 균형을 정확하게 유지했기에 넘어지지 않았던 것이다.

하지만 막상 진운은 설마 허무하게 미끄러져 버릴 줄은 몰랐는지 당황했다.

"뭐야, 이거?"

혹시나 해서 가까이 다가가서 드래곤의 비늘에 흠집이라도 났는지 살폈지만, 역시나 처음 쇠기둥을 맞이했을 때와 같이 드래곤의 비늘에는 흠집조차 없었다.

"도대체 이걸 어떻게 손에 넣은 거야, 레이나는."

나름 자신있게 검을 찔러 넣었는데 이렇게 허무하게 미끄러지다니.

도망치긴 했지만 그사이에 떨어진 드래곤의 비늘을 주워 온 레이나가 대단해 보였다.

그것도 마법이 전혀 소용없는 드래곤을 상대로 마법을 사용하는 레이나가 말이다.

"젠장, 어디 내가 이기나 네가 이기나 한번 붙어보자!!"

첫 공격이 허무하게 미끄러져 버린 것 때문에 당황하는 것도 잠시뿐이었다.

곧바로 승부욕에 불타오른 진운은 지금 자신의 눈앞에 있는 드래곤의 비늘만 뚫으면 이곳에서 탈출할 수 있다는 희망 때문이라도 포기란 있을 수 없었다.

Chapter 09
마지막 과제

“헉헉, 젠장, 이대로는 안 돼!”

드래곤 스케일을 상대로 미친 듯이 찌르기만 하는 것도 벌써 10일째다.

하지만 이렇다 할 소득이나 방법을 찾지 못했다. 그렇게 시간이 벌써 10일이나 흘러 버렸다.

이 정도 되니 진운도 일반적인 방법으로는 드래곤 스케일을 뚫는 것은 안 된다고 스스로 납득해 버렸다.

솔직히 하루만 해봐도 웬만하면 알 것 같지만 진운은 10일 동안이나 똑같은 검도 자세로 찌르기를 반복한 그 끈기에 오히려 박수를 치고 싶을 지경이었다.

"이대로는 안 돼. 뭔가… 뭔가… 다른……."

진운은 왠지 자신이 현재 가지고 있는 힘을 전혀 쓰고 있지 않다고 생각했다.

저 콧대 높고 도도한 레이나가 박수를 치면서 자기와 비등하게 강해졌다고 인정했다.

하지만 정작 진운 본인은 드래곤 스케일 하나에 개고생 하고 있는 것이 마음에 들지 않았고, 근본적인 문제는 자신에게 있는 것 같은 생각이 들었다.

"마나… 마나라……."

우선 마나라는 것부터 천천히 생각해 봤다.

세상을 이루고 있는 가장 기본이라는 것, 그리고 자신과 같이 레이나도 마나를 이용해서 마법을 사용한다는 것이 진운이 알고 있는 마나의 정체였다.

하지만 솔직히 마법도 레이나를 통해 처음 본 진운에게 마나에 대한 설명을 해봐야 그게 바로 이해되거나 피부에 와 닿을 리가 없다.

하지만 마나를 생각하던 와중에 문득 진운은 레이나가 말했던 각성의 단계를 겪는 중 들었던 목소리가 떠올랐다.

"손을 잡아달라고 했지."

자연스럽게 진운은 손을 들어 마치 누군가를 잡는 듯 손가락을 움직였다.

그런데,

물컹~

“……!”

분명히 아무것도 없는 허공에 손가락을 움직여 움켜쥐었
던 진운은 선명하게 감촉이 느껴지는 것에 놀랐다.

“뭐야, 이건?”

다시 손가락을 폈다가 다시 움켜쥐자,

물컹~

두 번째도 무언가 손에 잡히는 느낌이 확실했다.

하지만 보이지는 않았다.

손가락으로는 확실히 촉감은 있지만 눈에 보이지가 않는
것이다.

그렇지만 만져지는 촉감으로부터 한 가지는 확실하게 알
수 있었다.

“따뜻해.”

마치 누군가의 품안에 있는 듯 따스한 온기를 느낀 진운은
그 온기에 기분이 좋았는지 허공에 대고 손가락을 주물럭거
리는 행동을 계속했다.

옆에 누가 오는 줄도 모르고 말이다.

─성적으로 욕구가 쌓였나?

화들짝!!

갑작스런 레이나의 목소리에 벌떡 일어난 진운은 2m 정도를 뛰어오른 뒤에야 사뿐하게 착지했다.

갑작스럽긴 했지만, 흠잡을 곳 하나 없는 움직임이다.

"무, 무슨 소리야!!"

움직임이야 정말 흠잡을 곳 하나 없지만 심하게 당황한 진운의 얼굴은 그렇지 못한 듯 눈동자가 어지럽게 떨리고 말마저 더듬었다.

—허공에 대고 손가락을 움직이는 행동은 인간들이 여성의 가슴을 만질 때 하는 행동과 똑같았다. 그렇기에 물어본거다.

흠칫!

레이나의 직설적인 말에 진운은 목에서부터 귀까지 붉게 변했고, 아니라고 말하려고 했지만 말이 쉽게 떨어지지도 않았다.

—왜 그러지? 인간의 남자는 성적인 욕구를 오래 참으면 폭발한다고 들었다. 아닌가?

"내가 무슨 변태냐!! 허공에 대고 여자 가슴이나 만지는 시능을 하게!!"

결국 콧김에서 불꽃이 뿜어져 나올 만큼 화가 난 진운이 큰소리치자 레이나도 그런 진운의 반응에 고개를 갸웃거리더니,

—진운 너의 눈을 보니 내가 오해를 한 것 같군. 미안하다.

"……"

너무나 쉽게 사과하는 레이나를 보고는 금방이라도 폭발할 듯 절정으로 치솟던 분노가 급속하게 꺼졌다.

진운은 한숨을 쉬더니 곧 눈빛부터 붉어진 얼굴까지 빠르게 정상으로 돌아왔다.

물론 진운이 갑자기 주저앉더니 허공을 향해 양손을 들어 꼼지락거리는 행동은 누가 봐도 오해할 만했다.

특히나 논리적으로 모든 것을 바라보는 레이나는 가능성이 가장 높은 상황을 이야기한 것이었다.

하지만 막상 화를 내면서 흥분한 진운의 눈동자를 통해 알아본 레이나는 그게 아니라는 것을 알고는 그대로 사과한 것이다.

애초에 변명이나 자기합리화 같은, 인간들만 가지고 있는 특이한 성향이 엘프인 레이나에게 있을 턱이 없으니 말이다.

그리고 그런 레이나를 상대하고 있는 진운도 사과하는 사람한테 더 이상 화내는 것도 그랬지만, 잠시 레이나가 본래 저런 성격이라는 것을 생각해 내고는 곧바로 분노를 지워 버렸다.

둘이서만 오랫동안 같이 지낸 만큼 진운은 어느 정도 레이나의 성격만큼은 나름 파악하고 있었던 것이다.

―그럼 방금 그 행동은 뭐였나?

처음으로 레이나가 궁금한 듯 진운에게 물었다.

"그게… 그냥… 무언가 만져지기에… 나도 모르게… 쩝."

자신도 사실 처음에는 그냥 물컹한 느낌과 따스한 온기에 취했지만 만지면 만질수록 이상하게 무언가 닮았다는 느낌을 받았던 것이다.

그리고 그런 느낌을 받았을 때 절묘한 타이밍으로 레이나가 다가와 가슴을 만지는 것 같다고 하자 순간 당황했다.

진운도 남자인 이상 어쩔 수 없는 본능이었다.

그런데 어설프게 말하는 진운의 말을 들은 레이나는 눈빛이 날카롭게 변하더니,

―무언가를 만졌다고?

"응? 아, 그래, 물컹거리면서도… 따스한 것이… 아무튼 그랬어."

―물컹거리면서 따스한……. 어렵군.

너무 포괄적인 진운의 대답에 레이나가 곰곰히 생각하는 것 같아 보이자 진운은,

"험험!!"

헛기침을 몇 번 하고는 살짝 붉어진 얼굴로,

"아까 네가 말한 대로 여자의 가슴을 만지는 것과 거의 비슷했어. 이럼 이해가 돼?"

―…….

진운의 비유에 레이나가 슬쩍 고개를 들어 진운을 바라보더니,

씨익~

그냥 말없이 웃기만 했다.

그리고 그런 레이나의 웃음을 본 진운은 다시 당황하더니,

"그냥 말이 그렇다고!! 내가 그렇게 생각한 게 아니라!! 정말이라니까!!"

서툰 변명을 늘어놓기 시작한 것이다.

하지만 이미 엎질러진 물이요, 항구를 떠난 배였다.

토닥토닥.

오히려 당황하는 진운의 곁으로 다가온 레이나는 진운의 어깨를 가볍게 두드리면서,

―괜찮다. 인간의 남자는 성적인 욕구를 조절하기 힘들다는 것은 나도 알고 있으니 말이다. 그런데 정 참기 힘들면 나라도 좋으니 안아볼 테야?

딸꾹!!

레이나의 폭탄 발언에 진운은 자신도 모르게 딸꾹질을 하면서 놀랐다. 이내 얼굴이 붉어지더니 급기야 불같이 화를 내기 시작했다.

"레이나!! 넌 내가 그런 놈으로밖에 보이지 않냐!! 내가 동

료인 너를 그렇게 생각할 것 같아!! 젠장할!! 기분 진짜 더럽
네!!"

오히려 적반하장으로 화를 낸 진운은 자신의 어깨를 두드
리던 레이나의 손을 거칠게 뿌리치고는 몸을 돌려 버렸다.

─왜 그렇게 화내는 거지?

반면 레이나가 왜 화를 내는지 모르겠다는 듯 말하자,

"젠장!! 기분 진짜 더러워지려고 하네. 빌어먹을."

왜 진운이 화내는지 레이나는 전혀 모르고 있었다.

반면 진운은 레이나의 시선에 자신이 그런 식으로 비춰졌
다는 게 너무나 기분이 더럽고 짜증났다.

─화내는 이유를 알려주면 안 되겠는가? 내가 너에게 실수
를 한 것 같은데 말이다.

나름 진운의 성격을 어느 정도 알고 있다고 생각했던 레이
나도 이처럼 진운이 화를 낸 것은 근래 들어 처음이라 당황하
고 있었다.

특히나 완전한 마스터에 오른 뒤로 진운은 웬만해서는 평
정심이 흐트러지는 경우가 거의 없었다.

하지만 이번에는 너무나 불같이 화를 내니 당연히 레이나
자신이 진운에게 뭔가 잘못했다고 생각하게 된 것이다.

근본적으로 인간인 진운과 엘프인 레이나의 사고방식이
너무나 다르기에 레이나는 어쩌면 자신이 진운의 무언가를

건드렸다고 생각했다.

　그런데 진운은 아무렇지 않다는 듯 평온한 얼굴을 한 레이나의 얼굴을 고개를 돌려 바라보고는,

　"넌 내가 널 겨우 내 성적인 욕구를 처리하는 정도로 생각했다는 게 기분 나쁜 거라고!!"

　―음… 음…….

　레이나는 진운의 대답을 듣고는 잠시 생각하는 듯하더니 곧 눈을 크게 떴다가 작아졌다.

　―그렇군. 내가 또 실수했구나. 미안하다.

　"……."

　너무나 간단하게 사과해 버리는 레이나의 행동에 결국 진운은 또다시 몸에 힘이 쭈욱 빠져나가는 느낌이 들었다.

　하지만 별수 있는가? 본래 레이나가 저런 녀석인 것을 말이다.

　"이제는 화내는 내가 오히려 바보 같아진다, 정말."

　연달아 카운터펀치를 맞은 것 같은 기분을 느낀 진운이 힘없이 한숨과 함께 말하자,

　―너의 기분을 생각하지 않은 것, 정말 미안하다. 난 네가 성적인 욕구가 쌓여서 나중에 드래곤과 싸울 때 집중하지 않는 것보다 차라리 부족하지만 나를 상대로 해서라도 조금이라도 안전한 상태에서 드래곤을 상대해야겠다는 생각만 했다.

“역시······.”

진운은 순간적으로 화가 났지만 결국 가만히 생각해 보면 레이나는 지독하게도 논리적인 사고를 가진 녀석일 뿐이었다.

당연히 자신의 기분이나 마음 따위는 넣지 않고 말했을 것이 분명하다고 예상했다.

그리고 그런 진운의 예상대로 레이나는 정말 드래곤과 싸울 때 최상의 컨디션을 위해 자그마한 것이라도 없애 버리려고 했던 말이다.

하지만 다른 건 몰라도 진운이 보기에 이것만큼은 아니라는 생각이 들었는지,

“레이나.”

—말해라.

“넌 나를 어떻게 생각해?”

두근두근.

괜히 진운은 무슨 사랑 고백을 하는 것도 아닌데 이상하게 가슴이 두근거리는 것을 느꼈다.

—좋은 동료라고 생각한다. 그리고 나만큼 강해지고, 내가 지금까지 본 인간 중에 가장 빠른 시간에 강해진 인간이다.

“······.”

역시나 진운은 이런 대답이 나올 줄 알았는지 고개를 떨구

고는 한숨을 쉬었다가 깊게 숨을 들이마시고는 입을 열었다.

"레이나, 잘 들어. 남녀간에… 그 뭐냐, 그거 알지?"

괜히 말하기 힘든지 슬쩍 물어보자 레이나는 무표정한 얼굴로 고개를 끄덕였다.

아무리 논리적이지만 눈치가 없는 건 아니니 말이다.

"아무튼 남자와 여자는 사랑하는 사람끼리 해야 해. 아무리 성적 욕구가 바탕에 깔려 있다고 해도 말이야. 그리고 난 사랑하는 여자 외에는 안고 싶은 생각이 없어. 절대로!"

일부러 혹시라도 나중에 그런 말이 나올까 봐 아예 강조하면서 못을 박는 진운의 행동에 레이나는 잠시 고개를 갸웃거리더니,

—음, 인간들은 사랑이라는 감정이 통해야 성적으로 서로 마주 볼 수 있는 것이구나. 좋은 것을 알았다. 고맙다.

"내가 미쳐."

도무지 무슨 기계를 상대하는 것 같은 레이나의 반응에 결국 진운은 백기를 들 수밖에 없었다.

싸움이든 뭐든 하려고 해도 상대가 응해줘야 하는 법이다.

박수를 치려고 해도 마주쳐야 소리가 나는 법인데, 레이나는 뭘 해도 너무나 일방적이었기에 그럴 수가 없었다.

자기가 잘못했다고 생각되면 쿨하게 사과해 버리고는 모르는 것을 알려줬을 때도 정말 쿨하게 고맙다고 인사까지 하

니, 정작 상대하는 진운은 자기가 오히려 뭔가 잘못한 것 같
은 기분을 느낄 때가 종종 있었다.

그런데 한숨을 쉬는 진운을 향해 레이나가 갑자기 물었다.

─진운.

"응?"

─넌 나를 어떻게 생각하지?

"응? 갑자기 무, 무슨 말이야?"

급 당황하는 진운의 모습에 레이나는 고개를 갸웃거리더
니 진운의 눈동자를 가만히 바라봤다.

그리고 입가에 미소가 슬쩍 번지더니,

─나를 좋아하는구나.

"흡!!"

마치 자신의 마음이 발가벗겨진 것 같은 기분을 느낀 진운
은 급히 몸을 돌려 버렸다.

하지만 이미 눈을 통해 자신의 기분이 읽혀 버린 뒤다.

─그렇구나. 그래서 아까 그렇게 화를 냈던 거구나. 누군
가를 좋아하는 감정이란 게 그런 거구나.

마치 기계가 처음으로 인간의 감정을 접했을 때와 같은 반
응을 보이는 레이나의 행동에 진운은 결국 땅이 꺼져라 한숨
을 내쉴 수밖에 없었다.

'젠장, 나에게는 기본적인 프라이버시도 없는 거냐.'

상대의 눈을 통해 기분이나 그 당시 마음을 읽어버리는 레이나의 능력은 이미 알고 있지만 이렇게 당하고 나서야 기억나는 경우가 대부분이었기에 매번 당하는 진운이었다.

─부끄러워하지 마라, 진운.

"시끄러워! 젠장!"

마음을 들켰다는 것에 짜증난 진운이 신경질적으로 말하자 레이나는 그런 진운의 곁으로 다시 다가와 어깨에 손을 올려 조금 전과 같이 토닥거리면서,

─나도 굳이 말하자면… 진운 너를 좋아한다고 할 수 있다.

"……"

레이나는 위로한답시고 한 말이었지만 정작 그 위로를 받는 진운은 오히려 맥이 풀렸다.

'분명 싫어하지 않으니 좋아한다고 말했겠지.'

라고 생각하는 것과 동시에 진운의 귓가에,

─싫어하지 않으니 좋아하는 것이 맞지 않나?

라는 예상대로의 대답이 들렸다.

"그래, 그래. 뭐 어차피 감정이란 게 본래 일방통행이니까 말이야."

진운도 사랑하거나 미치도록 좋아하는 것은 아니기에 곧 마음을 다잡고 몸을 돌려 레이나를 바라보면서,

"아무튼 난 성적인 욕구에 휘둘릴 만큼 바보는 아니니까

다시는 그런 말 하지 마. 알았지?"

―알았다.

"내가 앓느니 죽는다, 죽어."

진운은 결국 다시 몸을 돌려 드래곤 스케일을 쳐다보면서 주저앉았고, 레이나는 본래 자기가 마법 수련을 하던 곳으로 걸어가 버렸다.

하지만 레이나가 돌아간 후에도 진운은 한참 동안 집중을 하지 못했다.

"아, 진짜 내 인생은 왜 이러냐."

라는 말만 계속 되풀이하면서 중얼거릴 뿐이다.

*　　*　　*

"다른 게 필요해."

사실 외형으로 보면 쉽게 베어버렸던 쇠기둥에 비해 드래곤의 비늘은 너무나도 약해 보였다.

하지만 어찌 된 일인지 호흡을 통해 마나를 사용한 진운의 능력으로 찔러 넣은 검이 미끄러져 버리는 바람에 뭔가 해보지도 못하고 있는 과정이 반복되자 진운도 고민하기 시작했다.

보기에는 진짜 아무것도 아닌 것 같지만 곰곰이 생각해 보니 드래곤의 비늘에 뭔가 특수한 무언가가 있는 것이 아닐까 하는 의심이 들었다.

"음……."

스으윽.

우선 어떤 감촉인지 느껴보기 위해 드래곤의 비늘을 만져 봤다.

그런데 진운은 차가우면서도 단단한 것을 예상했는데 직접 만져 보니 그게 아니었다.

"부드럽다. 그리고……."

꾸욱~

진운이 마나를 사용한 손가락으로 힘을 줘서 누르자,

쑤욱~

너무나 쉽게 눌렸다.

마치 탄성이 좋은 고무를 손가락으로 누른 것처럼 말이다.

"뭐야, 이거?"

전혀 예상치 못했던 비늘의 반응에 진운은 잠시 멍하니 바라만 보다가 발로 차보고 옆에서 만져도 보고 검으로 천천히 찔러보기까지 하면서 별의별 짓을 다 해봤다.

그리고 그렇게 나름 심도 있는 실험을 끝낸 결과 진운이 예상한 드래곤의 비늘과는 전혀 다른 결과가 나와 버렸다.

"부드럽고, 탄성이 좋고, 무엇보다 일정한 힘 이상이 가해

지면 모든 충격이 비늘 전체로 퍼지고 나머지는 공격한 상대
에게 튕겨내는 특징을 가진 드래곤 비늘이라……. 난감하네,
진짜.”

차라리 그냥 단단하기만 했다면 이처럼 난감하진 않을 것
이다.

그리고 이렇게 자세하게 살펴본 뒤에야 어째서 자신의 찌
르기가 막히는 게 아니라 튕겨져 나왔는지도 이해가 되었다.

일반적인 물리법칙상, 작용과 반작용이 적용되는 게 기본
이다.

한마디로 상대를 10의 힘으로 때리게 되면 맞는 순간 맞는
상대로부터 5의 힘이 때린 사람에게 되돌아가는 것이다.

간단한 예로, 주먹으로 사람의 얼굴을 때렸을 때 자신의 주
먹이 아프거나 심하면 뼈가 부러지는 것도 모두 다 이런 물리
법칙에 의해서 일어나는 일이다.

하지만 드래곤 비늘은 그런 물리법칙을 완전히 벗어나고
있었다.

진운이 마나의 힘을 빌린 찌르기가 드래곤의 비늘에 닿는
순간 빠르게 모든 충격이 드래곤 비늘 전체로 퍼져 나갔다가
그대로 되돌아와 진운이 공격한 지점에 다시 집중되는 것이
다.

한마디로 진운은 드래곤의 비늘을 찔렀지만, 비늘만의 특

수한 성격으로 인해 진운의 찌르기와 같은 힘이 그대로 진운의 검끝으로 되돌아와 마치 서로 찌르기를 하다 검끝이 정확하게 격돌해서 서로 튕겨져 나가는 현상이 벌어지는 것이다.

"이러니 죽어라 찔러도 흠집 하나 나지 않았지."

사실 이런 추측을 진운은 자신이 해냈고 계산까지 했다는 것이 얼마나 대단한지 모르고 있었다.

몸이 마나에 적응한다는 것은 기존의 인간이 가지고 있는 모든 능력을 몇 배나 업그레이드하는 것인데, 과연 몸만 업그레이드가 되었을까?

아니다.

몸과 달리 인간의 뇌도 업그레이드가 되는 게 당연했다.

다만 근육의 변화로 인해 외형적으로 한눈에 알아볼 수 있는 몸과 달리 뇌는 업그레이드가 되면서 인간이 사용할 수 없었던 뇌의 영역의 잠금을 풀어버린 것이다.

그 결과 이처럼 몇 가지 실험을 한 것만으로도 머릿속에서 정확한 결과를 구해낼 수 있을 정도로 말이다.

거기다 진운은 범생이 같은 학교생활을 했기에 나름 성적이 좋은 편이었다.

인간은 망각이라는 기억이 있어서 자주 접하거나 반복해서 하지 않으면 자신이 잊어버린다고 착각하기 쉽지만 인간의 뇌는 결코 그렇게 하찮은 존재가 아니었다.

본인이 기억 속에서 끄집어낼 수 없을 뿐이지 일반적으로 잠겨 있는 뇌의 반대쪽 영역에 고스란히 보관되어 있다.

진운은 그런 영역의 제한이 풀어졌기에 더 이상 망각이라는 단어가 어울리지 않는 존재가 되어버린 것이다.

물론 본인은 전혀 이 사실을 모르고 있었다.

"젠장, 이러면 내가 강하게 찌를수록 강하게 튕긴다는 결론이잖아."

어떤 소재로 만들어진 건지는 모르지만 역시 명불허전이라는 생각을 한 진운은 한숨을 쉬었다.

솔직히 드래곤의 비늘이 이런 특징이 있을 줄은 전혀 예상조차 못했으니 말이다.

한마디로 드래곤의 비늘은 절대로 뚫리지 않는 방패나 마찬가지였다.

아무리 강하게 충격을 준다고 해도 모든 충격이 비늘 전체로 퍼졌다가 다시 되돌아와 똑같은 힘으로 튕겨내 버리니 도무지 방법이 없었다.

"아, 젠장할."

결국 당장 생각나는 방법이 없자 진운은 그 자리에 벌러덩 누워버렸다.

—바닥에서 자면 입 돌아간다.

감정이라고는 조금도 섞이지 않은 듯한 레이나의 목소리

에 눈만 움직여 보니 머리 위로 레이나의 얼굴이 보였다.

"알아. 잠시 머리 식히는 중이야."

—아까 내가 한 말이 그 정도로 충격적이었나?

레이나가 보기에는 시간이 날 때마다 드래곤 스케일을 찔러대던 진운이 갑자기 자신과 이야기한 뒤에 멍하니 바라보질 않나, 만지면서 혼자 한숨까지 쉬는 행동을 보이자 아무래도 마음이 쓰였는지 지켜보고 있었던 것이다.

그런데 갑자기 진운이 모든 것을 포기하는 것처럼 땅이 꺼지라 크게 한숨을 쉬고는 바닥에 벌러덩 누워버리자 결국 보다 못해 다가왔다.

"아니야. 그것 때문이."

—그렇군.

진운의 눈동자를 보는 것만으로도 지금 진운이 진실을 이야기하는지 아닌지를 알 수 있으니 확실히 레이나와의 대화가 편한 점도 있다고 생각하는 진운이었다.

이해시키기 위해서 진땀 빼야 하는 과정은 절대로 필요 없으니 말이다.

"웃샤!"

레이나가 다가오자 갑자기 뭔가 생각난 진운이 누워 있던 자세에서 팅기듯 벌떡 일어서더니,

"레이나."

―말해라.

"드래곤 스케일 저거, 무슨 재질이야?"

아무리 만져 봐도 경이적인 탄성과 충격 흡수는 기본이고 흡수한 충격을 정확하게 되돌려 주는 특이한 특성을 보면 확실히 비늘의 재질이 뭔지 궁금할 수밖에 없었다.

한편으로는 재질을 알게 되면 그만큼 해답도 빨리 보일 수 있기도 했다.

―드래곤 스케일이지.

"그게 아니고, 구성되는, 그 뭐냐. 원래의 재질이 뭐냐고."

―…….

레이나는 진운의 질문에 잠시 생각하더니 고개를 흔들면서,

―진운, 네가 지금 나에게 질문하는 그것이 무엇인지 난 모르겠다.

"아, 답답하네."

결국 레이나는 진운이 원하는 질문이 뭔지 전혀 이해를 못하고 있자 진운은 답답한 자기가 먼저 움직였다.

"이걸 봐. 이건 검이라는 물건이지만, 주성분은 강철이지. 강철로 만들어진 검이라는 거야. 그럼 드래곤 스케일은 뭘로 만들어진 거야?"

검을 예로 들어 다시 물었다.

하지만,

─드래곤 스케일은 드래곤 스케일이다. 그 외에 다른 게 있을 수 없지 않나?

오히려 질문하는 진운을 이해 못하겠다는 표정인 레이나의 대답에 역시나 한숨만 나왔다.

정말 오늘 한숨 쉬는 일이 왜 이리 많은지 모르겠지만 한 가지만은 알아냈다.

드래곤 스케일은 지금까지 어디에서도 본 적이 없는 소재로 만들어진 것이라는 사실을 말이다.

─그보다 진운.

"왜?"

드래곤 스케일을 어떻게 뚫어야 할지 그 생각만으로도 머릿속이 복잡한 진운을 부르자 자신도 모르게 퉁명스럽게 대답했다.

─검술 수련은 하지 않을 생각이냐?

"검술?"

사실 진운은 특별하게 검술에 대한 수련을 한 적이 없다.

물론 레이나와의 대련이 검술 수련이라고 한다면 뭐 그럴 수도 있지만, 정확하게 따지자면 그건 검술 수련이 아니라 몸이 잘려 나가는 상황에도 평정심을 유지할 수 있는 면역을 기르는 훈련에 가까웠다.

　왜냐하면 진운은 그 대련을 하는 동안 잘리는 것 외에는 오로지 마구잡이로 검을 휘두른 것밖에 없었으니 말이다.

　─마나를 사용할 줄 알고, 마스터의 경지에 올라 초인이 되었는데 검을 몽둥이처럼 휘두를 생각이었나?

　멈칫.

　순간 진운은 레이나의 말을 들어보니 왠지 맞는 말 같았다.

　그런데 거기에 레이나는 쐐기를 박아 넣듯,

　─드래곤과 싸울 때 어설픈 검은 오히려 없느니만 못하다.

　"치잇."

　진운은 방금 레이나가 한 말에는 어쩔 수 없이 스스로도 인정할 수밖에 없었다.

　검술이라는 것은 어릴 때 배운 검도 기술이 전부였으니 말이다.

　하지만 검도는 사람과 사람이 싸우기 위해서 만들어진 기술이지, 사람과 드래곤이 싸우기 위해 만들어진 기술이 절대로 아니었다.

　그러니 레이나가 보기에는 진운의 검술은 그저 휘두르는 용도 그 이상도 이하도 아닌 것이다.

　"그런데 레이나."

　─말해라.

　"넌 마법에 특화되어 있다면서, 그런데 검술을 어떻게 가르쳐?"

물론 레이나가 강하다는 건 인정한다.

하지만 자기 스스로 자신이 마법에 특화되어 있으니 진운에게 검을 쓰라고 했고, 마나를 완벽하게 사용하게 된 마스터에 오른 진운을 보고 동급의 강함을 지닌 존재로 인정했다.

그런데 검술을 가르친다는 게 좀 이상해서 물어본 것이다.

그런 진운의 질문에 레이나는 씨익 웃으면서,

─전에 계단을 올라갈 때 보았던 마족들의 시체를 기억하나?

"응, 당연히 기억하지."

그때의 충격이 대단했으니 말이다.

만약 드래곤을 보지 못했다면 아마 진운은 몇날 며칠이고 악몽에 시달릴 만큼 처참했다.

─그걸 누가 그렇게 만들었다고 생각하지?

"설마……?"

웃으면서 조용히 말하는 레이나였지만 받아들이는 진운은 몸에서 피가 빠지는 느낌을 받았다.

이곳에는 진운을 제외하고는 오직 레이나뿐이었으니 말이다.

당연히 진운은 그런 일을 할 능력이 없었다. 지금은 모르지만 말이다.

그럼 결론은 하나뿐이었다.

—마족을 상대로 마법을 캐스팅하다가는 내가 죽는다. 그럼 내가 무엇으로 녀석들을 죽였겠나?

단신으로 수천을 넘어 셀 수도 없을 만큼 엄청난 시체가 즐비한 그 계단을 모두 레이나 혼자 만들어놓은 것을 이제야 알게 된 진운은 입을 다물어 버렸다.

—난 마검사다. 그럼 알겠지?

끄덕.

마검사라면 진운도 대충은 알고 있다.

마법과 검을 모두 사용하는 존재이다.

하지만 소설 같은 것을 보면 마검사는 마법과 검을 모두 익혔기 때문에 어중간한 존재로 많이 나왔다.

결코 그때 보았던 풍경처럼 마족을 쓸어버리고 드래곤과 맞장 뜨는 실력은 아니라는 것이다.

—물론 난 마스터가 아니지. 하지만 난 메이지다. 검술은 결국 나에게는 마법을 사용하기 위한 보조 수단일 뿐이니까 말이다. 그렇지만 난 내가 살던 대륙의 모든 검술을 다 알고 있다. 물론 거기에 마스터가 사용한 검술도 포함되어 있다.

"마스터가… 사용한 검술?"

—당연하지 않는가? 마나를 마음대로 사용할 수 있는 능력을 받은 존재가 일반적인 검을 사용하리라고 생각한 건가?

"아니, 그건 아니지."

진운도 자신이 겪어보니 일반적인 검술로는 확실히 마나를 사용하게 된 진운의 능력을 모두 끌어내기에는 터무니없이 부족하다는 것을 스스로도 알고 있었다.

다만 어떻게 해야 하는지 몰랐고, 드래곤의 비늘을 뚫어야 한다는 목적 때문에 잊고 있었을 뿐이다.

―단, 난 이론만 알고 있다.

"상관없어!"

이론이면 어떠냐? 힌트라도 얻을 수 있다면 레이나의 말대로 옛날 드래곤을 죽인 인간들이 있었다는 것은 결코 거짓말이 아닐 테니 말이다.

드래곤을 죽였다는 말은 결국 저 빌어먹을 드래곤의 비늘을 뚫었다는 결론과 같다.

―그럼 내가 하는 걸 잘 보고 따라 하도록.

그렇게 진운은 갑자기 대륙에서만 전해지는 마스터의 검술을 레이나에게 눈으로 배우기 시작했다.

사실 마나를 사용해서 완벽하게 펼쳐 보이지 않았기에 뭔가 좀 어설펐고 일반적으로 봤을 때 오락실에서나 나올 법한 화려하면서도 커다란 동작이 대부분이긴 했다.

하지만 그걸 몇 번 본 진운이 재현하자 레이나가 시범을 보였을 때와는 완전 달라져 있었다.

쾅!! 콰쾅!!

"휴우! 굉장하네!"

마스터의 기술 중에 가장 기본이라는 스피어라는 기술을 한번 따라 했을 뿐이지만 그 위력은 상상을 초월했다.

─설마 이 정도일 줄은 나도 몰랐다.

레이나도 설마 3m 두께의 쇠기둥을 진운의 몸이 뚫고 통과해 버릴 줄은 예상하지 못했던 것이다.

그것도 겨우 기초 중의 기초 기술이었을 뿐이라는 게 더욱 충격이었다.

"그러게. 나도… 잠깐만!!"

스피어를 사용하고 난 뒤에 진운은 어쩌면 지금 이 기술이라면 드래곤의 비늘을 뚫을 수 있을지도 모른다고 생각이 들었는지 곧바로 드래곤의 비늘 앞에 섰다.

"후웁… 후훔… 후……."

깊게 숨을 들이마시자,

찌이잉!!

자동으로 진운의 몸에 마나가 반응하더니 주변의 마나와 공명을 일으켰고, 곧바로 진운의 몸에 마나가 들어오기 시작했다.

'아니야. 좀 더, 좀 더…….'

아까 그냥 따라 한 것이 아닌, 정말 자신의 힘을 실어서 뚫

어버리겠다는 각오를 한 것인지 진운은 마나가 제법 들어왔
지만 계속해서 마나를 받아들였다.

'부족해. 더… 더… 더……'

우웅, 우우우, 우웅!

마나가 진운의 몸에 들어오다가 더 이상 들어갈 곳을 찾지
못했는지 진운의 몸을 떠돌면서 검에 집중되기 시작했다.

―오러… 블레이드……!

사실 오러 블레이드에 대해 진운에게 말을 해줬다.

하지만 어떤 원리고 어떻게 해야 만들어내는지 메이지인
레이나는 몰랐기에 그냥 그런 게 있다는 설명만 하고 끝냈다.

그런데 진운은 스스로 찾아낸 것인지 검에 마나가 집중되
면서 점점 검이 본래의 은빛을 잃고 점차 푸른색을 띄어갔다.

하지만 진운은 자신의 느낌만으로 아직 마나가 모자란다
고 생각하며 계속 끌어들였다.

그러다 결국 진운의 몸에 쌓여 버린 마나와 진운의 검에 집
중되던 마나가 연결되는 지경에 이르자,

파삭!!

무형의 기운이던 마나가 껍질을 깨고 나오듯 선명하게 푸
른빛을 가진 커다란 검으로 탈바꿈한 것이다.

"이건?"

진운은 그저 막연한 자신의 느낌만으로 끝없이 마나를 끌

어들였을 뿐인데 자신의 검이 본래 크기에서 세 배는 커졌고, 거기다 푸른빛으로 바뀌었다는 것에 놀라자 레이나가 다가와 말해주었다.

―오러 블레이드다. 마스터의 증명이자 세상의 모든 것을 베는 검이지.

"이, 이게 그… 오러 블레이드?"

레이나의 설명을 듣고서야 자기가 무슨 짓을 했는지 깨달은 진운은 대검 정도 크기의 오러 블레이드를 보고는,

"끝내주잖아!!"

솔직한 감상평을 내뱉었다.

레이나는 본래 그녀가 알고 있는 오러 블레이드의 크기보다 훨씬 크다는 것을 조금 이상하게 생각했으나, 그러려니 했다. 기뻐하는 진운의 기분을 깨고 싶지 않았다.

찌잉!!

오러 블레이드가 완전히 안정화가 끝났는지 진운의 뇌리에 무언가 느낌이 왔다.

그리고 드래곤 스케일을 바라본 진운은 입가에 미소를 짓더니,

"레이나, 물러서."

―그러지.

지금 진운의 모습은 대륙의 그 어떤 마스터와 비교해도 결

코 떨어지지 않는 압박감을 주변에 흘리고 있기에 레이나도 내심 기대하는 중이었다.

사실 스피어는 그냥 말 그대로 창과 같이 뚫고 나가는 기술이다.

하지만 반대로 그만큼 뒤쪽에 약점이 생기게 되고 일직선으로만 움직이는 단점 때문에 마스터의 검술 중에서도 가장 초급에 속할 수밖에 없었다.

하지만 역시나 진운은 마스터에 올라서 그런지 몰라도 몇 번 본 것만으로도 스피어를 완벽하게 구사하는 것을 넘어 오러 블레이드를 만들어 스피어를 시전하려고 하는 중이다.

사실 스피어를 넘어선 기술이 아직 수십 가지나 남아 있는 상태이기에 지금 진운의 시도가 실패로 끝난다 해도 사실 아쉬울 게 없었다.

오히려 오러 블레이드를 스스로 찾아서 만들어냈다는 것에서 이미 충분히 값어치는 한 셈이다.

"후… 후후움… 후……."

오러 블레이드가 안정되었고, 몸 안에 마나가 완벽하게 진운의 마음대로 움직이고 있는 상황이다.

한마디로 지금까지 그 어떤 상태보다 최고의 컨디션인 것이다.

"스― 피― 어―!!"

쾅!!

얼마나 바닥을 세게 찼는지 진운이 몸을 날리는 순간 디딘 바닥이 커다랗게 함몰되어 버렸다.

그리고 레이나의 눈에 보인 진운의 모습은 빛이었다.

마치 모든 것을 뚫어버릴 듯한 빛의 화살이 날아가는 느낌을 받은 것이다.

하지만 그 빛은 그리 길게 빛나지 않았다.

진운의 오러 블레이드가 드래곤의 비늘에 정확하게 반 정도 박혀 들어가자 빛이 사라져 버린 것이다.

"성공이다!!"

드디어 드래곤의 비늘을 뚫는 데 성공했다.

드래곤을 잡는 데 가장 난관이자 최고의 방패인 드래곤의 비늘을 뚫어버린 것이다.

—수고했다.

레이나도 내심 기대는 했지만, 설마 스피어 기술을 사용해서 드래곤의 비늘을 뚫어버릴 줄은 전혀 예상치 못했던 것이다.

사실 드래곤 전용 스킬은 따로 있었다.

드래곤 슬레이어가 만든 오러 드릴이라는 스킬로, 오러 블레이드를 사용하는 것은 기본적으로 진운이 사용한 스피어와 같지만 만든 오러 블레이드를 회전시킨다는 게 달랐다.

일반적으로 오러 블레이드만 되어도 세상에 베지 못하는 게 없다고 하는데 그걸 회전시켜서 위력을 몇 배나 올리면 그 파괴력은 상상을 초월한다.

"성공… 하아……."

털썩.

갑자기 기뻐하던 진운은 웃는 얼굴 그대로 드래곤의 비늘에 기대어 미끄러지더니 바닥에 쓰러져 버렸다.

레이나가 가까이 다가가서 보니 기분 좋은 얼굴을 하고 이미 잠들어 있었다.

그런 진운의 모습에 한번 웃고는,

―인간은 알 수가 없군. 실패하면 그 충격이 그대로 자신에게 되돌아온다는 걸 알면서도 어째서 쓰러질 만큼 모든 힘을 집중해서 사용할 생각을 할까.

논리적으로 살아가는 엘프인 레이나가 보기에 진운의 단순하면서도 저돌적인 행동은 여전히 의문투성이다.

하지만 고개를 들어 드래곤의 비늘 중앙에 정확하게 박혀 있는 검을 보고 있자면 왠지 이해가 되기도 했다.

―어쩌면 내가 계속 지금의 능력에 머물러 있는 것은 너와 달라서일지도 모르겠구나.

가끔은 레이나도 진운이 부러울 때가 있었다.

뒤를 보지 않고 오로지 앞만 보고 달려드는 무식한 행동이 때론 위험하지만 지금처럼 기적에 가까운 능력을 보여주기도 하니 말이다.

설마하니 마스터 검술 중에 가장 초급 기술로 드래곤의 비늘을 뚫어버릴 줄은 예상도 못했다.

하지만 결과적으로 진운이 쓰러져 버렸으니 드래곤의 비늘을 뚫기는 했지만 실패한 것이다.

어설프게 상처를 입히는 것은 차라리 건드리지 않는 것만 못했으니까 말이다.

그만큼 드래곤이라는 존재는 기회가 왔을 때 확실히 죽여야 하는 것이다.

두 번의 기회는 없다. 단 한 번의 기회, 그 기회를 살리느냐 아니면 놓치느냐로 진운과 레이나의 생사도 갈린다.

그리고 그 열쇠를 쥐고 있는 것은 진운이었다.

너무나 갑작스럽게 마나를 사용해서 지쳐 잠들어 버린 진운을 다시 침대로 가져다 놓은 레이나는 잠든 진운의 얼굴을 물끄러미 바라보다가,

―어쩌면 론이 곁으로 돌아올지도 모르겠군.

만약 이대로 진운이 정말로 마스터의 검술을 빠르게 습득한다면 예정보다 훨씬 빠르게 드래곤을 찾아갈 것이고, 그럼 거의 소멸되기 직전이겠지만 론을 다시 불러들일 수 있었다.

요점은 진운의 성장이 얼마나 빠르냐에 따라 론의 존재가

죽느냐 사느냐 하는 갈림길이 또 생긴 것이다.

지금 드래곤을 붙잡고 있는 론은 마법이 아닌 자신의 존재, 즉 생명 에너지를 이용해서 드래곤을 붙잡아놓고 있기에 시간이 흐르면 흐를수록 죽어가고 있는 것이다 마찬가지다.

사실 레이나는 진운이 마스터에 오를 가망성을 겨우 1% 정도로 보고 있었다.

그래도 그 1%의 가망성이라도 있다는 것에 희망을 걸고 론을 희생시킨 건데 결과적으로 원하는 그 이상의 결과가 나왔으니 레이나도 진운이 달라 보였다.

종족을 떠나 강해지기 위해 노력한 것과 그 결과 그 자리에 올라선 것은 대단한 것이니 말이다.

Chapter 10
전설이 될까?

"후우웁!!"

어깨를 시작으로 꿈틀거리는 근육이 마치 하나의 조각상을 보는 듯한 느낌이 들 정도로 완벽한 진운의 근육은 손가락 끝까지 처음부터 그렇게 만들어진 것처럼 보였다.

그런데 그런 진운이 손에 들고 있는 검 또한 범상치 않았다.

웅~ 웅~

마치 주변의 공기를 쥐고 흔드는 듯 심하게 요동을 쳤지만 주변이 아무리 시끄러워도 진운의 눈동자는 오직 하나, 눈앞의 드래곤의 비늘에 집중되어 있었다.

—마지막 연습이군.

레이나도 긴장한 듯 진운의 검에 깃든 오러 블레이드를 보면서 과연 인간이 어디까지 올라갈 수 있는지 궁금했다.

겨우 2년에서 조금 못 미치는 시간 동안 진운의 발전은 눈이 부실 지경이니 말이다.

호흡법을 배운 지 한 달 만에 몸으로 기억해 버리는 기염을 토하더니 스스로 마나에 몸을 적응시키기까지 했다.

그것뿐인가? 스스로 오러 블레이드를 만들어냈다.

레이나가 가르친 적도 없으니 순전히 진운 스스로의 힘으로 지금 이 자리에 올라와 있는 것이다.

드래곤을 잡는다는 것이 거의 불가능한 도전처럼 느껴졌던 레이나에게 드래곤조차도 죽이고 탈출할 수 있다고 확신이 든 것은 바로 진운에게 마스터의 검술을 전해주고부터였다.

마나를 이용해 오러 블레이드를 만들지는 못하지만 레이나는 오랜 세월을 살아오면서 배운 모든 마스터 검술을 진운에게 아낌없이 알려줬다.

그리고 진운은 그걸 몇 번 보기만 하고도 금방 따라 하기 시작한 것이다.

하지만 스펀지처럼 마스터의 검술을 자기 것으로 만들던

진운도 하나의 벽에서 막혀 버렸으니 바로 드래곤 슬레이어들이 사용했다는 오러 드릴이라는 기술이다.

이것만큼은 레이나도 아는 것이 없어서 대충 기록에 대해서만 알려줬는데 너무나 막연했다.

사실 진운이 마스터의 검술을 자신의 것으로 만드는 데까지 겨우 1년밖에 걸리지 않았다.

그런데 아이러니하게 드래곤 슬레이어의 기술이라고 알려진 오러 드릴을 찾아내고 진운만의 해석으로 재탄생하는 데 나머지 시간이 걸린 것이다.

"오러―!"

화라라라락!!

진운의 입에서 그리 높진 않지만 다부진 음성이 울리자 오러 블레이드가 천천히 부풀어 오르기 시작했다.

마치 우산이 펴지는 것처럼 천천히 오러 블레이드가 부풀어 오르더니 스스로 회전하기 시작했다.

사실 진운도 지금 자신이 시전하는 오러 드릴이라는 기술은 그저 역사 속의 사람들이 만들어낸 그저 상상에 불과한 기술로 생각했다.

그래서 그는 아예 다른 방식으로 접근했다. 상식 밖의 특성을 가진 드래곤 스케일이라곤 하지만 그 분자 구조 자체를 베어버린다는 과학적 접근을 시작하여, 오러 블레이드를 얇게 압축해 보기로 했다.

그런데 뜻밖에도 오러 블레이드를 압축하던 와중에 오러 드릴의 실마리를 찾아내게 되었다.

'설마 오러 드릴이 전기 모터 원리로 회전하는 것일 줄이야…….'

지금 진운의 검에 맹렬하게 회전하고 있는 오러 드릴은 단 한 가지 목적을 위해서 만들어진 기술이었다.

드래곤의 단단한 비늘을 찢어버리고 그 안에 진운의 검을 쑤셔박는 것 말이다.

"드릴!!"

콰콰콰콰콰!!

천천히 회전을 시작하던 오러 블레이드는 진운의 마지막 말이 끝나자 회전하는 속도가 눈에 보이지도 않을 만큼 빨라졌다.

"타핫!!"

오러 드릴의 회전 속도가 최고에 올랐다고 생각되자 진운은 곧바로 눈앞에 버티고 서 있는 드래곤의 비늘을 향해 돌진했다.

기본적으로 일직선으로 돌진해서 일격에 장애물을 베어버리는 스피어와 비슷했지만 오러 블레이드가 회전하는 성질을 가진 오러 드릴로 바뀌는 순간 그 파괴력은 짐작조차 못할 경지가 되었다.

쾅!!

후두두둑!

"헉헉… 헉헉… 성공인가?"

엄청난 폭음이 홀을 가득 채웠고, 오러 드릴은 정확하게 드래곤 스케일을 산산이 부숴 버리다 못해 아예 가루로 만들어 버렸다.

오러 블레이드의 특성과 진운의 돌진하는 힘만 해도 이미 스피어를 통해 드래곤 스케일을 뚫어버릴 수 있다는 것은 증명했다.

하지만 오러 블레이드가 회전한다는 것만으로도 그 파괴력은 완전히 달라져 버린 것이다.

진운은 드래곤 스케일을 뚫고 나간 것도 모자라 뒤편의 벽을 반 이상이나 파고들어 간 상태였다.

사방에 먼지가 심하게 일어났지만 먼지가 가라앉고 나서 자신이 만들어놓은 결과를 본 진운은 입가에 미소를 지었다.

"레이나, 충분하겠지?"

진운이 사라져 버린 드래곤 스케일을 쳐다보면서 레이나에게 물어보자,

—지금 당장 드래곤을 죽이러 가도 되겠다.

"그래, 그럼 다행이긴 한데… 나 좀 쉬자, 정말."

오러 드릴, 이건 진운이 알고 있는 과학적 상식과 지식을 모두 동원하고 나서야 알게 된 것으로 오러 블레이드를 자신이 만들 수 있는 최고의 크기로 만들고 그걸 다시 압축해서 작게 만드는 걸로 오러 드릴은 시작되는 것이었다.

기본적으로 세상에 베지 못할 것이 없다고 알려진 오러 블레이드를 압축하게 되면 그만큼 오러 블레이드는 더욱 강해지고 날카로워진다.

하지만 그것만으로는 드래곤에 치명적인 타격을 줄 수가 없었다.

덩치가 이미 웬만한 4층 건물 높이에 달하는 크기의 녀석이 겨우 검에 찔렸다고 바로 죽진 않을 테니 말이다.

그래서 만들어진 것이 바로 오러 드릴이었다.

쉽게 예를 들면, 자동 소총의 총알에 맞게 되면 맞은 부위의 상처는 작다. 하지만 총알이 뚫고 나온 뒷부분은 상상을 벗어날 만큼 커다란 흔적을 남기는 것과 같은 원리인 것이다.

그리고 오러 블레이드를 압축하면서 우연히 알게 된 것으로 마나를 압축하면 압축할수록 주변의 마나와 반발력이 생기게 된다.

그 말은 진운이 오러 블레이드를 많이 압축할수록 오러 블레이드의 회전력은 강해진다는 것이다.

이렇게 오러 드릴은 진운의 손에 의해서 우연과 필연이 겹친 인연으로 대륙에서도 거의 전설로 치부되던 것이 완벽하게 되살아나게 되었다.

"아, 진짜… 이거 너무 피곤한 기술이야."

단 한 번의 공격이지만 진운은 물먹은 솜처럼 땅으로 꺼지는 것을 느꼈고, 레이나도 기꺼이 그런 진운에게 자신의 어깨를 빌려주었다.

"나 조금만 잘게."

─그래, 푹 쉬어라.

그리고 진운은 곧바로 깊은 잠에 빠져들었다.

하지만 레이나는 한참 동안 진운의 곁에 서서 잠든 진운의 얼굴을 바라보았다.

처음 진운을 만났을 때는 검은커녕 총이라는 것에 의지했던 녀석이다. 하지만 자신과 만난 뒤 진운은 급격하게 변해버렸다.

당장 대륙으로 간다고 해도 진운을 상대할 수 있는 존재가 몇이나 될까 하는 의문이 생길 정도로 강해져 버렸다.

인간은 수명이 짧다. 엘프에 비하면 턱없이 짧은 수명을 가진 인간은 자신의 삶을 위해서는 상식을 초월하는 능력을 가끔 발휘하긴 하지만 진운의 경우는 그 선이 너무 넘어버렸다는 게 조금은 달랐다.

─이제 안녕이군.

바벨의 탑을 들어온 것은 오로지 자신의 선택이었지만, 벗어나는 것만큼은 결코 쉽지 않았던 레이나는 진운이 깨어나면 곧바로 드래곤을 처리하러 갈 생각이었다.

대충 계산해 봐도 드래곤을 붙잡고 있는 론의 생명력이 거의 한계에 도달했을 것이 뻔했다.

하지만 괴로웠던 시간 이외에도 나름 알게 모르게 추억이 많이 쌓인 것은 당연했다.

레이나는 탈출하기 위해 베이스캠프로 정하고 이곳에 머물면서 론을 만났다. 그리고 진운도 만났다.

결과적으로 레이나 자신에게는 몇 단계나 마법적으로 성장한 계기가 되었기에 이제 곧 떠난다는 생각을 하자 자신도 모르게 감회에 젖었다. 그러나 그도 잠시, 자신의 자리로 가더니 레이나도 잠들어 버렸다.

내일 최상의 컨디션으로 드래곤과 맞붙어야 하니 잠이 오지 않더라도 자둬야만 했던 것이다.

"그대로네."

진운과 레이나는 홀을 벗어나 다시 드래곤이 있는 곳을 왔다.

그런데 약간의 변화가 있었다. 처음에 드래곤을 감싸고 있던 회색빛이 많이 탁해져서 거의 검은색에 가까워져 있는 것이다.

레이나는 그런 색의 변화를 보고 한눈에 론의 생명력이 거의 한계치에 다다랐다고 판단했다.

색이 어두울수록 그만큼 론의 생명력이 사라졌다는 말이고, 그만큼 언제 드래곤이 다시 론의 속박에서 벗어나게 될지 장담하기 힘들었으니 말이다.

다만 아직 완전히 칠흑빛으로 변하지 않은 것을 보면 그나마 진운의 성장이 빨라서 다행이다 싶었다.

―진운.

레이나가 서두르는 듯 보이자 진운은 고개를 끄덕이면서,

"알았어. 잠시만 기다려. 이게 준비 시간이 너무 걸려서 문제란 말이야."

진운은 곧바로 검을 꺼내 자신이 가지고 있는 최대한의 마나를 쏟아부어서 오러 블레이드를 크게 만들었다.

지금 진운이 사용하려는 오러 드릴은 귀찮지만 꼭 해야만 하는 필수적인 단계가 있었다.

그건 바로 우선 오러 블레이드를 압축하기 위해서는 최대한 오러 블레이드를 크게, 그리고 넓으면서도 두껍게 만들어야 했다.

그래야 압축할 때 주변의 마나와 반응을 일으켜 강한 회전을 얻을 수 있으니 이건 필수적 단계였다.

오러 드릴의 준비 단계가 복잡한 것은 어쩔 수 없었다.

오로지 드래곤의 대갈통을 날려 버릴 목적으로 완성했으니 모든 것은 일체 제외하고 오로지 파괴력을 극대로 끌어올리는 데만 집중하다 보니 이렇게 된 것이다.

찌이잉~

진운이 커다란 오러 블레이드를 압축하기 시작하자 당연하다는 듯 진운의 오러 블레이드 주변의 마나들이 반응을 시작했다.

"후웁! 후!!"

거의 한 시간가량 걸려 길이 20m에 두께 3m에 달할 만큼 무식한 오러 블레이드가 진운이 압축하자 1m 정도의 길이에 평범한 검의 두께만큼 작아져 버렸다.

하지만 푸른색의 마나의 특성을 가지고 있어야 할 진운의 압축 오러 블레이드는 붉은색에 가까울 만큼 색이 변해 있었고, 당장에라도 진운이 압축된 오러 블레이드를 활성화하기만 기다리는 주변의 마나도 심하게 흔들리는 걸 봐서는 만족할 만큼 성공했다고 볼 수 있었다.

─기회는 단 한 번뿐이야.

레이나가 세운 드래곤의 대갈통 부숴 버리기 계획은 의외로 간단했다.

론이 드래곤의 속박을 풀어버리는 순간을 노리자는 것

이다.

아무리 드래곤이라도 론의 속박에서 거의 2년 가까이 묶여 있었으니 풀려나자마자 곧바로 움직이는 것은 불가능할 것이라는 판단이었고, 그런 레이나의 생각에 진운도 고개를 끄덕였다.

단 한 번의 기회.

만약 드래곤이 풀려나는 순간을 놓치게 되면 아마 한 번 당했던 드래곤이기에 다시 땅으로 내려온다는 것은 기대하기 어려울 것이다.

거기다 마법 생물인 드래곤에게 레이나의 마법이 얼마나 통할지도 장담할 수 없다.

"알아!"

진운도 자신의 역할이 얼마나 중요한지 잘 알고 있었다.

성공하면 탈출이지만, 만약에 실패하면 정말 목숨을 걸고 언제 끝날지도 모르는 싸움을 해야 하는 것이다.

웅~ 웅우웅~~

진운과 레이나가 드래곤 앞에 섰다.

당장에라도 눈앞의 드래곤을 뚫어버리고 싶은 듯 진운의 압축 오러 블레이드가 요란하게 반응했다.

하루에 한 번밖에 사용할 없는 기술이기에 진운은 최대한 집중했다.

─준비해. 내가 너를 드래곤의 머리까지 날려주는 것과 동시에 론의 속박을 풀 거다.

끄덕.

진운은 지금 태어나 가장 긴장한 순간일지도 몰랐다.

자신의 목숨과 모든 승패가 달렸으니 말이다.

─플라이(Fly)!

레이나가 진운의 몸을 향해 양손을 뻗으면서 활성화된 마법진의 주문을 외쳤다.

둥실~

플라이 마법이 진운의 몸에 적용되자마자 마치 깃털이라도 된 듯 진운의 몸이 떠올랐다. 하지만 진운이 원하는 대로 날아다닐 수는 없었다. 마법을 건 것이 레이나이기에 조종하는 것 또한 레이나였으니 말이다.

─…….

플라이 마법은 본래 마법사 본인이 날아다니기 위해 만들어진 마법으로 나름 높은 단계에 속하는 마법이다.

하늘을 마음대로 날아다닌다는 장점이 있는 반면, 그만큼 정신력을 소모하는 단점이 있다.

거기다 자칫 실수로 기절이라도 하면 그대로 땅으로 떨어져 죽는 경우가 허다했기에 마법사들은 의외로 플라이 마법을 선호하지 않았다.

물론 레이나도 그다지 선호하지는 않지만 이번의 경우는 선택의 여지가 없었다.

거기다 일반적인 플라이 마법이 아니라 상대에 플라이 마법을 걸어 조종까지 해야 하는 고난도의 능력까지 필요했기에, 레이나는 진운이 마스터 검술을 모두 수련을 마치고 오러 드릴을 고민하는 동안 원격 플라이 마법을 만들었던 것이다.

휘익!!

처음에 마법을 받아들인 진운의 몸이 살짝 허공에 떠서 균형을 잡는 듯하더니, 레이나가 양손을 교차하면서 진운의 몸을 조종하기 시작하자 마치 한 마리 새가 된 듯 허공으로 솟구쳐 올랐다.

우뚝!

그리고 정확하게 드래곤의 약점인 머리 정중앙에 멈췄다.

―진운.

"하압!!"

레이나가 진운을 부르자 진운은 곧바로 대답하고는 자신의 오러 블레이드를 활성화시켰다.

휘리리리리릭!!

마치 우산이 펴지듯 진운의 압축 오러 블레이드가 커지더니 회전을 시작했다.

그와 동시에 진운 주변의 마나도 급격하게 흔들리면서 진운의 오러 드릴에 회전력을 실어주었다.

콰콰콰콰콰콰!!

천천히 속도를 올리던 오러 드릴이 급기야 그 속도가 최고조에 달하자 처음에 바람을 일으키면서 공기를 흔들던 소리마저 사라졌다.

마치 하늘에 커다란 구멍이 뚫린 듯 주변의 마나도 밀어내 버렸다.

"시작해!!"

오러 드릴의 회전력이 최고조에 완전히 도달한 다음 진운이 곧바로 소리치자,

—론!! 해방!!

레이나는 악을 쓰듯 소리쳤다.

쩌억, 쩌적!!

기다렸다는 듯 론의 속박이 깨어지기 시작했다.

그런데 뜻하지 않은 변수가 생겨 버렸다.

"젠장!! 머리부터 풀린다!!"

레이나는 분명히 론의 속박이 풀리면 처음 시작한 발밑부터 풀어질 것이라고 했다. 그러나 말과 달리 드래곤의 머리 부분을 묶어두고 있던 것이 부서지면서 꿈틀거리기 시작한 것이다.

그리고 거의 머리의 반쯤 풀렸을까?

찌릿!

정확하게 눈앞에 떠 있는 진운과 드래곤의 눈이 마주쳤다.

"젠장!"

레이나도 드래곤의 머리부터 풀리는 것을 보고 당황했지만 지금 레이나는 움직일 수가 없었다.

현재 진운을 조종하는 데 모든 집중력이 모여 있었으니 말이다.

터터턱, 터턱!!

"풀려 버렸다!!"

드래곤은 머리를 움직일 수 있는 만큼 풀려나자 곧바로 숨을 들여마시기 시작했다.

"젠장! 드래곤 피어!!"

지금 드래곤이 숨을 들이마시는 이유는 오직 한 가지 이유뿐이었다.

마법조차 부숴 버리는 드래곤 피어를 뿜어내기 위해 숨을 들이마시는 것이다.

"레이나!!"

진운이 더 이상 기다릴 수가 없는지 소리치자 레이나도 알았다는 듯 진운을 향해 손을 번쩍 들어 올렸다.

찌이잉!!

진운의 등 뒤로 커다란 마법진이 생기더니,

─에어 익스플로젼(Air Explosion)!

퍼엉!!

최대한 가속력을 얻기 위해 레이나가 미리 준비한 마법진으로 만든 에어 익스플로젼이 폭발했다.

바로 등 뒤에서 공기가 터진 충격을 그대로 받은 진운은 마치 거대한 공기 덩어리가 걷어차는 충격을 받았다.

"크윽!!"

신음 소리와 함께 오러 드릴이 살짝 흔들리긴 했지만 집중하고 있던 탓인지 곧 안정을 찾았다.

쉐에에에익!!

에어 익스플로젼은 확실히 마나의 적응을 마친 진운에게도 감당하기 힘든 고통을 주긴 했지만 효과만큼은 확실했다.

마치 화살을 쏜 듯 허공에서 급가속을 한 진운의 몸이 총알과 같이 드래곤의 미간을 향해 날아들었다.

그런데 진운이 드래곤의 머리를 향해 날아드는 순간 드래곤도 준비가 끝났는지 입을 벌렸다.

"젠장할!!"

이미 피할 수도 없었다. 그리고 진운이 가까이 다가갔을 때쯤,

크아아아아아아앙!!

드래곤의 입에서 엄청난 굉음과 함께 마치 그동안 묶여 있

던 것을 화풀이라도 하듯 드래곤 피어가 진운을 덮쳤다.

"크아아아악!!"

진운도 이쯤 되니 이판사판이었다.

몸 안의 마나를 폭발시키듯 끌어올려 죽기 살기로 회전하는 오러 드릴에 쏟아부었다.

콰앙!!

쿠우우우웅!!

허공에서 진운의 오러 드릴과 드래곤 피어가 충돌했다.

불꽃은 보이지 않지만 이곳이 심하게 흔들릴 만큼 엄청난 충격파가 퍼져 나갔다.

—진운?

밑에서 그 광경을 목격한 레이나는 온몸이 피가 빠지는 느낌을 받았다.

아무리 마나의 적응을 끝낸 초인이라지만 드래곤 피어를 바로 코앞에서 받았으니 절대로 멀쩡할 리가 없다.

그런데 어찌 된 것인지 진운의 흔적을 찾을 수가 없었다.

당연히 피를 흘리면서 바닥으로 떨어졌을 진운을 찾던 레이나는 당황했다.

—설마…….

드래곤 피어는 마법조차 부숴 버리는 위력을 가지고 있다.

그런데 그걸 정면으로 부딪친 진운의 몸이 보이지 않는다

는 것은 너무나 강한 충격에 흔적도 없이 사라졌을 수도 있다
는 것이다.

―파이어!! 익스플로전!!

레이나는 양손에 마나를 활성화시키면서 마법진을 완성한
뒤 곧바로 드래곤을 향해 손을 뻗었다.

진운이 사라진 지금 이제 더 이상 희망이 사라졌으니 그녀
로서도 이판사판이었다.

"애고, 나 죽네."

―……!

파이어 익스플로전을 터뜨리려고 하는 순간 갑자기 레이
나의 귓가에 들리는 익숙한 목소리에 바람에 촛불이 꺼지듯
그녀의 양손에서 불타오르던 마법이 사라져 버렸다.

―진운?

"아, 아파 죽겠네."

놀랍게도 진운은 드래곤의 다리 사이를 천천히 걸어서 나
오는 중이었다.

완전히 론의 속박이 풀어져 버린 드래곤의 다리 사이를 걸
어오다니, 그 모습을 본 레이나는 곧장 몸을 날렸다.

만약에 드래곤이 밟기라도 하면 진운은 꼼짝없이 죽는 것
이다.

곧바로 진운의 몸을 힘껏 껴안았다.

와락!!

검을 지팡이 삼아 걸어나오는 진운은 느닷없이 레이나가 날아와 자신을 껴안자 놀랐다.

"뭐, 뭐하는 거야?"

―진운, 넌 살아야 해!!

결연한 눈빛으로 진운의 어깨를 잡은 레이나가 그대로 진운을 집어던졌다.

"끄악!! 뭐야!!"

전혀 생각지도 못한 레이나의 행동에 진운은 이미 드래곤 피어를 상대로 마나를 급격하게 소모한 탓에 일반인과 비슷한 수준이어서 아무런 저항도 못하고 힘없이 날아가 버렸다.

털썩!!

떼구루루.

"아, 진짜!!"

거의 쓰레기 날리듯 날려간 진운이었지만 초인이 달리 초인이 아니었다.

곧바로 몇 바퀴 굴렀지만 구르는 힘으로 벌떡 일어선 진운이 레이나를 향해서 뭐라고 한소리 하려고 쳐다보는 순간,

"……"

마치 죽음을 각오한 듯한 레이나의 눈동자를 보고는 목구멍까지 올라온 말을 그대로 다시 삼켰다.

그리고는 천천히 걸어서 육중하게 서 있는 드래곤의 발밑에 있는 레이나의 곁으로 다시 걸어가자,

―안 돼!! 오지 마!!

마치 오면 죽기라도 하는 듯 필사적으로 소리치는 레이나의 모습에 진운은 피식 웃어버리고 말았다.

"가면 뭐 어떤데?"

―오면 드래곤이 널……?

당황했던 레이나도 이제야 뭔가 이상하다는 것을 느꼈는지 진운에게서 시선을 돌려 바로 머리 위에 있는 드래곤을 바라봤다.

꿈쩍도 하지 않고 서 있기만 하는 드래곤의 모습이 이상한 것이다.

당장 몇 번이라도 밟아 죽였어도 이상하지 않은 상황인데 꿈쩍도 하지 않고 서 있기만 하니 말이다.

"애구, 좀 적당히 던지지. 가뜩이나 마나를 거의 다 끌어다 써서 기운도 없구만."

괜히 레이나에게 가볍게 핀잔을 준 진운은 바닥에 떨어진 검을 주워 들었다.

이빨이 완전히 빠져 버린 것이 더 이상 검으로서 사용할 수도 없을 만큼 망가져 있다. 그래도 진운은 상관없었다.

목적을 달성했으니 말이다.

“뭐해?”

―진운… 설마……?

후다닥!

레이나는 황급히 진운이 모습을 드러냈던 드래곤의 뒤쪽으로 뛰어가더니 곧바로 플라이 마법으로 날아올랐다.

그리고 그녀의 눈에 보인 것은, 진운의 오러 드릴의 파괴력 때문인지 드래곤의 머리 뒤쪽이 완전히 사라져 버린 광경이었다.

마치 드래곤의 머릿속에서 강력한 폭탄이라도 터진 듯 완전히 반쪽이 날아가 흔적도 없었다.

그 모습을 멍하니 지켜보던 레이나는 천천히 지상으로 내려왔다.

“꽤 멋지지?”

웃으면서 레이나에게 자랑하려는 듯 진운이 한마디 하자, 레이나의 눈에 눈물이 맺혔다.

글썽.

“어? 왜, 왜 울고 그래?”

―아, 아니다.

레이나는 스스로도 자기가 울었는지 모르는 듯 급히 당황하면서 고개를 살짝 돌렸다. 다시 원위치로 왔을 때는 언제 울었는지 모를 만큼 평소의 모습으로 돌아와 있었다.

사실 레이나는 모르지만 진운은 드래곤 피어가 정면으로 들이닥칠 때 정말 죽는구나 하고 생각했다.

이미 공격이 시작됐기에 피할 수도 없었으니 말이다.

그런데 진운은 드래곤이 입을 벌리면서 드래곤 피어를 뿜어내려고 하는 순간 주변의 마나가 흔들리는 것을 느꼈다.

이미 오러 드릴을 사용하면서 주변의 마나가 흔들리는 것이 어떤 이유인지 대충 알고 있기에 진운은 모험을 하기로 했다.

진운의 오러 드릴은 압축 오러 블레이드로서 주변의 마나와 반대의 성질을 지니고 있었다.

마나란 본래 다른 것을 밀어내고 같은 것을 잡아당기는 성격이 있다는 것을 수련으로 알게 된 진운은 고도로 압축된 자신의 오러 블레이드가 드래곤 피어를 밀어내거나 잘라낼지도 모른다고 생각한 것이다.

아주 찰나의 순간으로 여기서 선택이 잘못되면 정말 개죽음하기 딱 알맞기는 했지만 절체절명의 순간 진운은 자신의 느낌을 믿기로 했다.

그리고 마나를 있는 대로 다 끌어 모아서 오러 드릴의 크기를 최대한 크게 만들었다.

만약에 드래곤 피어가 뿜어내는 마나의 밀도가 더 높다면 진운은 흔적도 없이 사라질 테지만 오러 드릴을 구성하고 있

는 진운의 오러 블레이드가 밀도가 더 높다면 잘라 버리는 것
도 가능한 것이다.

그리고 그런 진운의 모험은 보기 좋게 성공했다.

"드래곤… 세긴 세더라."

진운은 아무렇지 않은 듯 말하지만 그때를 생각하면 지금
도 등에 식은땀이 흘렀다.

그렇지만 처음으로 레이나가 당황하면서 그녀답지 않게
허둥대는 모습을 보고 있노라니 왠지 약간은 으스대고 싶은
욕심이 들어서 별것 아닌 것처럼 행동했다.

─자만은 독이다.

"……"

역시나 레이나는 진운의 눈동자를 통해 괜히 허세 부리는
것을 알게 되었고, 따끔하게 한마디 했다.

"네, 어련하시겠어요."

진운도 피식 웃었다.

이미 레이나의 성격을 누구보다 본인이 잘 알고 있지 않는
가?

악의를 담지 않은 것을 알고 있기에 구렁이 담 넘어가듯 슬
그머니 레이나의 독설에 가까운 말도 아무렇지 않게 흘려 넘
겼다.

"이제 이것만 열면 끝이겠군."

　최대 난관이었던 드래곤도 처리했으니 이제 드래곤이 버티고 서 있던 거대한 문을 여는 일만 남았다.

"그런데 이거 어떻게 열어?"

크기만 해도 웬만한 아파트 한 동만 했고, 얼핏 짐작만으로도 두께가 상당해 보이는 문이다.

당연히 문의 무게도 상상을 초월할 것이다.

─그건 걱정 마라.

왠지 드래곤보다 그 뒤에 나타난 문을 여는 게 더 문제라고 생각하던 진운이 레이나의 말에 고개를 갸웃거리자,

─론, 열어라.

레이나가 명령하자 평소보다 심하게 검은색으로 변한 론이 천천히 다가가더니 문 속으로 스며들어 버렸다.

"설마… 론이 열쇠였어?"

─응, 론이 바로 바벨의 탑 모든 문을 열 수 있는 열쇠다.

"하아!!"

진운은 레이나의 말에 기가 막혔다.

"아니, 론이 드래곤을 붙잡고 있다가 우리가 늦어서 소멸했으면 어쩌려고 했어?"

열쇠인 론이 소멸해 버린다면 드래곤을 처리해도 문을 열지 못하니 의미가 없다고 생각한 진운이 다그쳤지만, 레이나는 별것 아니라는 듯 천천히 진운을 똑바로 바라보면서,

—그전에 우리는 드래곤에게 죽었을 것이다.

"……."

냉정할 만큼 직설적으로 말해 버리는 레이나의 말에 진운
도 더 이상 다그치지 못하고 한숨을 내쉬었다.

어찌 되었든 론이 드래곤을 구속하게 되기까지 원인 제공
을 한 건 진운 자신이었으니 이제 와서 레이나를 다그치는 것
은 결국 자신이 못났다고 말하는 것과 같았기에 그만두었다.

하지만 그런 진운에게 레이나는 조용히,

—과거는 과거다. 인간은 현실과 미래를 보면서 살아가야
하지 않나? 잊어라. 우리는 이렇게 살아 있고, 곧 문이 열리면
탈출과 동시에 자유를 얻을 테니까.

"하긴 그러네."

어차피 레이나가 입에 발린 좋은 말을 할 리는 없고, 레이
나도 진운을 탓하거나 몰아세우기 위해서 한 말은 아니었을
테니 말이다.

레이나 딴에는 론보다 진운이 가망성이 보였고, 그렇기에
론을 희생해서라도 진운의 마음을 돌릴 필요가 있었던 것이
다.

결과적으로 잘되었으니 더 이상 입씨름해 봐야 서로 감정
만 상할 뿐이다. 아니, 어쩌면 진운 혼자만 삐칠 수도 있었다.

지극히 논리적인 레이나에게 말로써 싸움한다는 것 자체

가 성립이 안 되니 말이다.

쿠르르르릉!!

─드디어 마지막 문이 열린다.

진운과 레이나의 말다툼도, 서서히 열리는 바벨의 탑 마지막 문 앞에서는 무의미했다.

『바벨의 탑』 2권에 계속…

Dragon order of FLAME 폭염의 용제

김재한 판타지 장편 소설

「사이킥 위저드」, 「마검전생」의 작가 김재한!
그가 그려내는 새로운 액션 히어로가 찾아온다!

모든 것을 잃고 복수마저 실패했다.
최후의 일격마저 막강한 레드 드래곤 앞에서 무너지고,
죽음을 앞에 둔 그에게 찾아온 또 하나의 기회!

"네 운명에 도박을 걸겠다."

과거에서 다시 눈을 뜬 순간,
머릿속에 레드 드래곤의 영혼이 스며들었을 때,
붉은 화염을 지배하는 용제가 깨어난다!

강철보다 단단한 강체력을 몸에 두른
모든 용족을 다스리는 자, 루그 아스탈!

세상은 그를 '폭염의 용제'라 부른다!

기사도
chivalry

요람 판타지 장편 소설
FANTASY FRONTIER SPIRIT

2012년, 『제국의 군인』의 요람,
그의 새로운 이야기가 시작된다!

같은 세계, 또 다른 이야기!

몰락해 가는 체르니 왕국으로 바람이 분다.
전쟁과 약탈에 살아남은 네 남매는 스승을 만나고
인연은 그들을 끌어올려 초인의 길에 세운다.
그렇게 그들은 기사가 되었고
운명을 따라 흥성을 가진 루는 자신의 기사도를 세운다!

명왕기사(明王騎士) 루.

그가 세우는 기사도의 길에 악이란 없다!